간호사를 간호하는 간호사

간호사를 간호하는 간호사

초판 1쇄 발행 2020년 6월 4일
초판 5쇄 발행 2022년 5월 6일

지은이 오성훈, 장미나

발행인 장상진
발행처 (주)경향비피
등록번호 제2012-000228호
등록일자 2012년 7월 2일

주소 서울시 영등포구 양평동 2가 37-1번지 동아프라임밸리 507-508호
전화 1644-5613 | **팩스** 02) 304-5613

© 오성훈, 장미나

ISBN 978-89-6952-410-2 03810

간호사를 간호하는 간호사

리딩널스 오성훈 지음

경향BP

어느 날 근무 인수인계를 준비하고 있는 동기가 어두운 표정으로 제게 다가왔습니다. 그러고서는 털썩 주저앉으며, "나 정말 너무 힘들어. 울렁거리면서 토할 것 같아. 힘이 너무 없는데 혹시 수액 좀 놔줄 수 있겠어?"라고 말했습니다.

수액을 놔주고, 안타까운 마음으로 동기를 봤는데 문득 이런 생각이 들었습니다. '간호사는 환자를 위해 이렇게 최선을 다해 헌신하는데 그런 간호사는 누가 간호해 줄까?'

그때부터였습니다. '간호사를 간호하는 간호사'가 되고 싶다는 생각이 들었습니다. 그날 이후로 병원에서 있었던 일들을 매일 일기로 쓰기 시작했습니다. '인계장'이라는 주제로 후번 근무자에게 인수인계하듯 선후배 간호사 선생님들뿐만 아니라 미래 간호사분들이 조금이나마 힘이 됐으면 하는 마음으로 SNS에 글과 그림을 연재하기 시작했습니다.

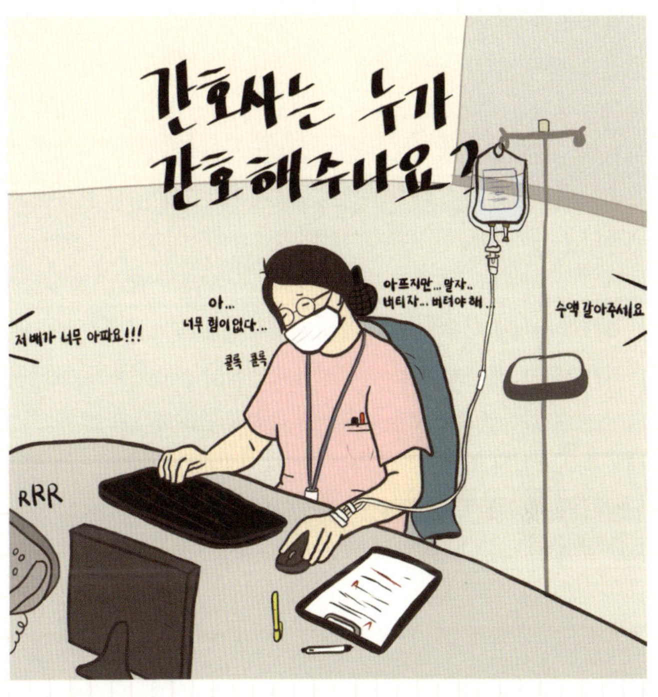
간호사는 누가
간호해주나요?
저 배가 너무 아파요!!!
아...
너무 힘이 없다...
쿨록 쿨록
아프지만... 말자..
버티자.. 버텨야 해..
수액 갈아주세요
RRR

때로는 누군가가 자신의 아픔과 슬픔을 알아주는 것만으로도 큰 힘이 될 때가 있습니다. 부모님, 친구, 동료들에게 아무리 말해도 구체적인 상황을 이해하지 못하지만 들어주고 공감해주는 것만으로도 위로가 되는 것처럼 말이죠. 저는 그저 한 사람의 간호사로서 간호사분들의 어려움을 함께 아파해주고, 공감해드리고 싶어 이 책을 쓰게 됐습니다.

사람의 생명을 다루는 가치 있는 직업을 꿈꾸는 중고생과 대학생, 아직은 서툴고 힘들지만 얼마 후 환하게 반짝일 신규 간호사, 대한민국 건강의 최전선에서 고군분투하며 타인을 간호하다가 정작 자기 자신을 간호하지 못하는 간호사분들까지.

각자의 자리에서 '간호'라는 이름으로 최선을 다하며 울고, 웃는 모든 분께 이 책을 바칩니다.

이 책에 쓰인 용어

- **ICU**intensive care unit: 중환자실

- **ER**emergency room: 응급실

- **환타:** 환자를 탄다는 말(어느 선생님과 일하면 갑자기 바빠지거나 환자분들의 상태가 안 좋아질 때가 많음을 뜻함)

- **스테이블**stable: 오늘은 부디 평안하고, 안전하고, 안 바쁘고, 칼퇴를 했으면 하는 바람이 담긴 말

- **액팅**acting: 간호 업무 중 주사, 약 전달, 혈압 측정, 혈당 측정 등 실질적으로 환자에게 간호행위를 하는 역할

- **OP**operation: 수술

- **차지**charge: 선임 간호사 or 그 근무 중 가장 높은 연차 선생님

- **라인**line: 환자의 정맥에 약물이 들어가는 통로, 환자의 정맥주사 맞은 부위

- **바이탈**vital sign: 혈압, 맥박, 호흡, 심장박동수와 같은 활력징후를 측정하는 행위

- **BST**blood sugar test: 혈당 측정(FBS는 식전 혈당을 의미함)

- **차팅**charting: 간호기록

- **라보:** Labolatory를 뜻하는 말로 LAB, 검사결과 등으로 불리기도 한다.

■ **루틴**routine: 누가 시키거나 갑작스럽게 생긴 일이 아닌 평소에 누구나 해야 하는 업무

■ **플루이드**fluid: 수액

■ **플라스타**plasta: 실크 및 종이 재질로 다용도로 사용할 수 있는 테이프

■ **토니켓**tourniquet: 정맥주사 및 채혈을 할 때 잠깐 동안 혈액의 흐름을 막아주는 고무 및 탄성이 있는 물건

■ **시져**scissors: 처치용 가위

■ **카트**cart: 환자를 위해 해야 할 간호 행위에 관한 물품들을 싣고 다니는 만능 손수레

■ **인젝**injection: 주사 치료

■ **아이오**intake/output: 환자의 건강상태 확인을 위해 섭취량, 배출량을 체크하는 행위

■ **시트**sheet: 환자분들이 침대 위에 까는 얇은 이불 같은 천, 이 단어를 하루에도 수십 번 들을 수 있으니 주의

■ **듀티**duty: 간호사들이 가장 많이 쓰는 단어 중 하나로 근무표를 뜻하는 말

■ **쓰나**NNN: 공포의 나이트 근무 세 번 연속

■ **나오이, 나오데**NOE, NOD: 나이트 근무 후 이브닝, 나이트 근무 후 데이 등 잘 쉬지 못하고 출근을 해야 하는 근무

■ **오버타임**over time: 정해진 근무 시간 이외에 추가 근무를 해야 하는 상황

■ CPR cardiopulmonary resuscitation: 심폐소생술

- V/S vital sign : 활력징후

- EMR electronic medical record : 전자 의무 기록

- SN student nurse : 간호 실습생(보통 간호학과 학생을 뜻함)

- RN registered nurse : 간호사

- AST after skin test : 항생제 피부 반응 검사

- **알부민** : 사람혈청알부민을 함유하는 주사제

- CVP central venous pressure : 중심 정맥압

- **프리셉터** : 교육하는 간호사

- **프리셉티** : 교육받는 간호사

- med medication : 투약(약)

- **카덱스** cardex : 간호계획을 실시하기 쉽도록 기록한 계획표

- **스테이션** station : 간호사들이 간호기록 및 EMR 작성 등을 하는 업무 공간

- **드레싱** dressing : 환자의 상처 및 수술 부위를 소독하는 행위

- FBS fasting blood sugar : 공복 시 혈당

- **인퓨전 펌프** infusion pump : 수액 속도 조절 주입 장치

차례

PART 1

코로나 전사의 일기

학생 간호사를 위한 조언

신규 간호사를 위한 조언

대한민국의 건강을 지키는
나의 이름은 '간호사'입니다

PART 4

경력 간호사를 위한 조언

PART 1

코로나
전사의 일기

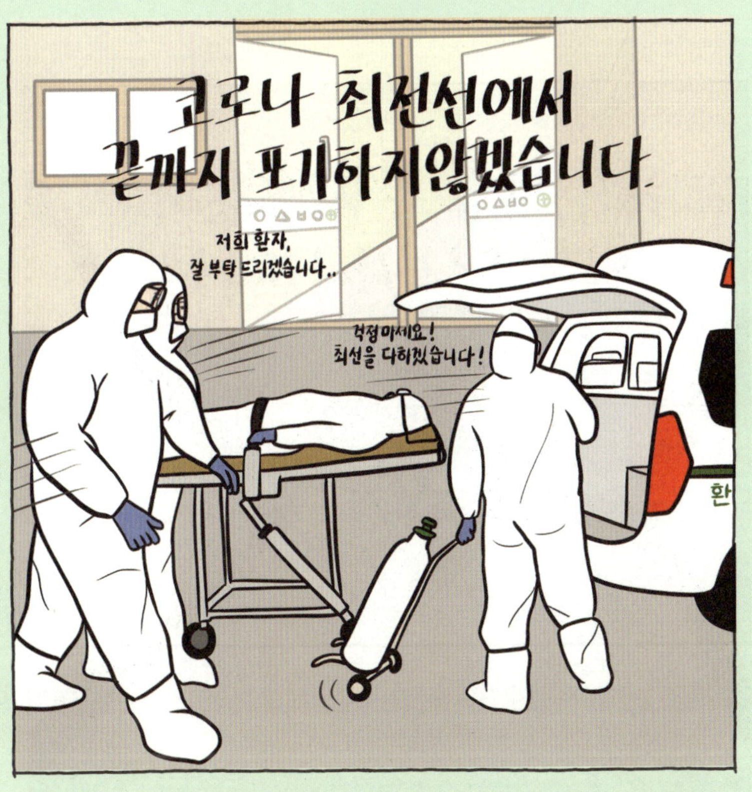

이름 모를 이에게 빼앗겨버린 봄,
그 봄을 되찾기 위한 치열한 전투.
코로나 최전선에서 보고, 듣고, 느낀
생생한 간호 현장 일기.

가족, 사랑, 건강, 행복, 미소
잃지 않고 무사이 돌아오길
비타

'대구·경북 코로나 병동 의료진이 부족합니다.'

2월 어느 날, 대한간호사협회의 호소문을 본 날을 기억한다. 아내에게 된통 혼이 난 날이라 잊을 수 없다. 의료 봉사를 다녀오고 싶다는 말을 꺼내자마자 단호한 반대에 부딪혔다. 옆 사람 기침 소리에도 민감한 시국에 코로나 사태 최전방으로 향하겠다는 남편을 누가 잡지 않을까. 더군다나 우리는 결혼한 지 5개월밖에 안 된 신혼부부였고 아내는 어린이집 교사였다. "코로나 관련된 일에 단 하나라도 연결되면 안 된다."며 분노한 아내의 반응은 어쩌면 당연했다.

회사 식구들도 마찬가지였다. 대표가 한 달 이상 자리를 비우는 것에 대해 널스노트 회사 식구들이 반대했다. 화상채팅 등 인터넷 회의를 진행한다고 해도 통상 대표가 자리를 비우면 중요한 미팅을 진행하지 못하고 계약도 중단될 수 있기 때문이다. 실제로 진행 중인 프로젝트와 준비하고 있는 여러 중요한 일들이 있었기에 더욱 망설여졌다. 부모님 역시 아들이 사지(死地)로 떠나는 심정이라며 혹시라도 그런 생각 하지 말라고 나를 말리셨다.

이틀이 지났다. 국내 하루 확진자가 1,000명 단위로 늘어났다. 상황의 심각성이 더욱 와 닿았다. '내가 국민과 간호사를 위한 활동을 한다고 하는데, 현장에 가지 않으면서 어떻게 사람들을 위로하고 도울 수 있을까.'라는 생각이 들었다. 현장에서 사투를 벌이고 있는 환자와 의료진을 생각하니 참을 수가 없었다. 평소에도 선한 영향력에 대한 생각을 가지고 도움이 필요한 곳에 도움을 주며 살고 싶었다. 무언가에 이끌리듯 '일단 지원서를 넣고 보자.' 하는 생각을 하고 행동에 옮겼다. 완강히 반대하던 아내 몰래 저지른 일이다.

근무지 발령이 난 건 그로부터 3일 뒤였다. 오후 9시, 휴대전화가 울렸다. 중앙사고수습본부 관계자는 "청도군으로 오셔야 합니다."라는 말을 조심스럽게 꺼냈다. 처음 들어보는 동네였다. 처음에는 '아, 보건소에 가나 보다.'라고 생각했다. "그래서 정확히 어디로 가면 되느냐?"고 물었다. 그때부터 수화기 건너 목소리는 더듬대기 시작했다. 내가 가야 할 곳은 코로나19 집단감염 사태가 발생한 청도 대남병원이었다. 그곳의 상황이 급박하다고 했다. 다음날 오후 1시까지 와달라는 부탁이 이어졌다.

말해주시는 분도 거절을 많이 당하셨는지 목소리도 떨리고 더듬거리면서 미안해하셨다. 청도 대남병원으로 오라는 말을 듣자마자 TV에서 본 뉴스가 생각났다. 7명의 사망자, 전체 확진자 119명이 나왔던 청도 대남병원은 그야말로 신종 코로나바이러스 감염증 사태 최전방이었다. 심장이 미친 듯이 뛰었다. 겁이 났고 솔직히 망설여졌다.

전화를 받고 2~3시간이 지나자 아내가 집으로 돌아왔다. 당장 내일 청도로 떠나야 한다고 말해야 했다. 어떻게 말해야 할까 속으로 끊임없이 고민했다. 일단 아내의 두 손을 붙잡고 "의료봉사 가게 됐다."고 고백했다. 그 순간 아내가 말을 잃었다. 다음날 출발해야 한다는 말을 듣고는 멘붕에 빠졌다. 너무 미안했다. 걱정에 잠을 이루지 못하던 아내는 떠나던 날 아침 눈을 뜨자마자 눈물을 흘렸다. 그러나 이내 "필요한 게 있으면 그때그때 이야기 해.", "면역식품을 챙겨 택배로 보내줄게.", "주소가 나오거든 바로 말해." 하며 나의 진심을 이해했다.

재난 영화 세트장 같은 그곳의 첫인상

다음날 아침, 중앙사고수습본부의 안내에 따라

청도군청에 도착했다.

코로나19 범정부 특별대책지원단이 꾸려져 있었다.

여기저기서 전화벨이 울렸고, 다들 정신없이 바빠 보였다.

덩달아 나도 너무 떨렸다.

담당자의 안내에 따라 오후 2시쯤

보호구 착용 방법,

감염병에 대한 주의사항,

내일부터 어떤 근무가

시작되는지에 대한 교육을 받았다.

'이제 정말 시작이구나. 내일부터 나에게 어떤 일들이 펼쳐질까.'

두렵고 떨리는 발걸음이지만
모두가 힘모아 꼭 이겨내기를

내일 근무에 대한 준비를 어느 정도 마치고
다시 병원을 찾아갔다. 미리 한 번 보고 마음의 준비를 하고
싶었기 때문이다. 직접 보니 마음이 뒤숭숭했다.
안에서 어떤 일들이 일어날지 온갖 생각이 다 들었다.

곳곳에는 출입금지 안내 문구가 붙어 있다.
창문 너머로 분주하게 일하고 있는 직원들의 모습이 보인다.
어두운 표정으로 엉겨 붙은 머리를 한 채 그곳을 지키고 있었다.

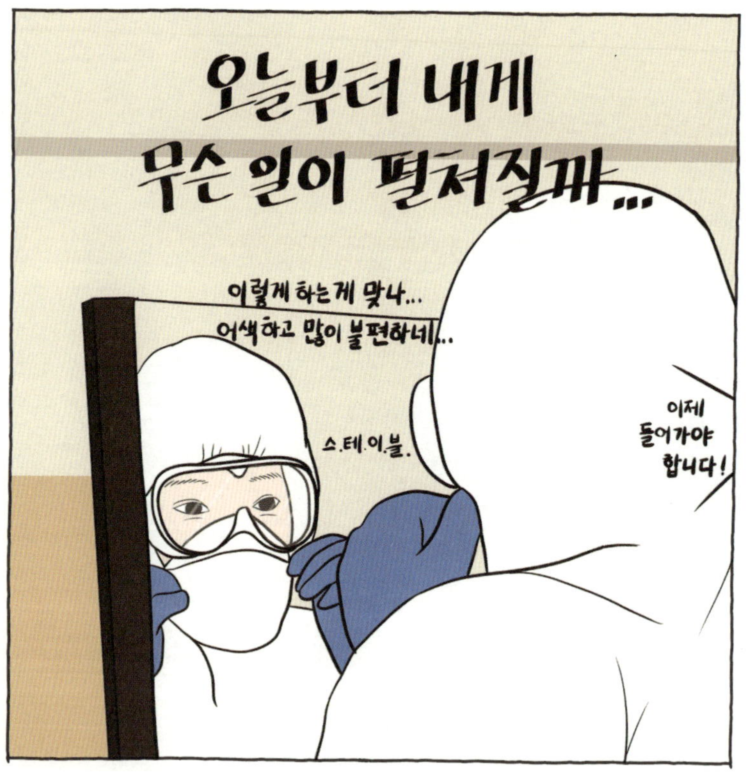
오늘부터 내게
무슨 일이 펼쳐질까...
이렇게 하는게 맞나...
어색하고 많이 불편하네...
스.테.이.블.
이제
들어가야
합니다!

간호사는 24시간 환자의 옆에 있는
유일한 의료진이라는 사실에 책임감이 더욱 막중했다.

교육을 받긴 했지만 보호복을 입는 게 아직은 어색하다.
매뉴얼을 보고 또 보지만 이렇게 입는 게 맞는지 자꾸 헷갈린다.
요령이 없다 보니 불편하고, 고글에 습기가 차기도 한다.
처음엔 보호복을 혼자 입는 것에만 30분 정도의 시간이 걸렸다.
어색함을 뒤로한 채 이제 진짜 환자를 만나러 가야 할 시간이
점점 다가온다. 다시금 긴장이 되기 시작한다.

굳게 닫힌 철문을 열고 처음 마주한 정신과 폐쇄병동 환자들

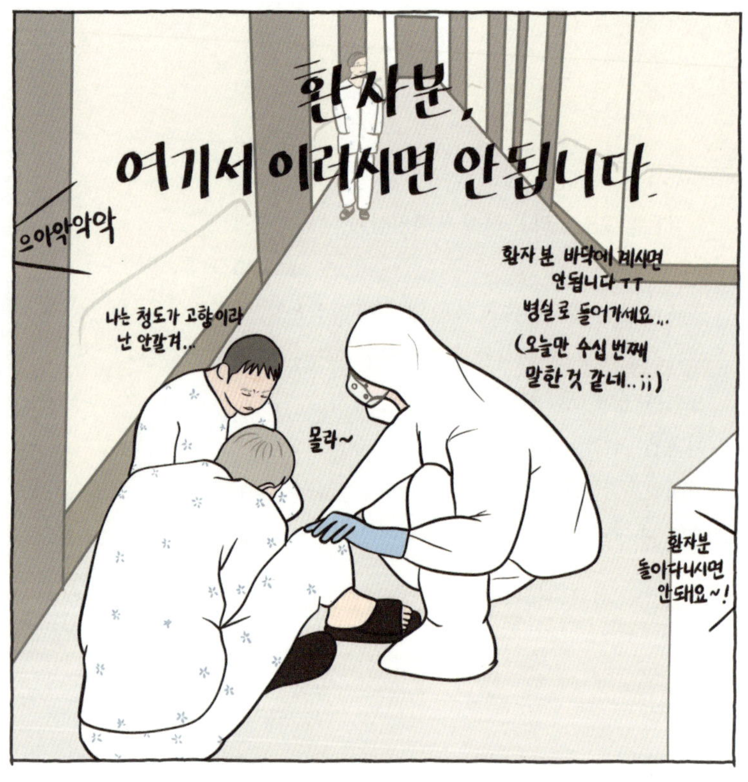

문을 열고 들어가니 상황은 생각보다 심각했다. 복도에 눈이 풀린 채
누워 있는 환자, 어디선가 들려오는 비명 소리, 정체를 알 수 없는
역한 냄새, 계속 물을 마시며 복도를 서성이는 물 중독 환자까지.
티를 낼 수는 없었지만 이곳의 첫인상은 가히 충격이었다.

환자 연령도 높고 정신질환이 있기 때문에 바지에 대변을 보는
분들이 많았다. 하루에도 몇 번씩 배설물을 치워야 했다.
특히 감염 위험이 있는 것들이라 심리적인 두려움도 매우 컸다.

의료진들의 고충은 여기에 그치지 않았다. 탈출을 감행하는 환자,
주요 검사를 거부하는 환자도 모두 의료진이 상대해야 했다.
병동에는 하루에도 수십 번 "보호자가 왔으니 날 내보내 달라.",
"아프고 힘드니까 안 하겠다."는 고함이 울렸다. 외부 직원은 병실
내에 들어올 수 없으니 당연히 경호 인력도 없다. 환자들의 심정도
이해는 가지만, 그렇게 해서는 안 되는 상황이었다. 어쩔 수 없이
모든 환자의 돌발 행동은 간호사들이 막을 수밖에 없었다.

한 번의 실수도 용납하지 않는 그곳

한 번의 실수도 용납이 안 되는 상황이기에 간호사들은 항시 긴장을 하고 있다. 환자 대부분이 정신질환자이다 보니 감염 환자가 종종 돌발 행동을 하는 경우가 있는데 이 과정에서 상처가 나거나 체액이 튀고 보호복이 찢어지면 의료진 감염으로 직결된다. 똑같이 주사를 놓더라도 주사에 찔리는 경우에 대비하는 등 모든 행동이 조심스럽다.

뿐만 아니라 레벨D 수준의 보호복을 입고 장시간 환자를 봐야 하는 것은 코로나19 현장의 모든 의료진이 감당해야 할 어려움이다. 보호복을 입고 나면 5분 안에 온몸이 땀에 젖는다. N95 마스크를 얼굴에 딱 맞게 써야 하기에 숨 쉬는 것조차 쉽지 않아 보호장비를 착용한 것만으로도 체력 소모가 심하다.

그렇게 시간이 흐르고 일을 하다 보면 고글에 습기가 차고, 그 습기로 인해 시야까지 흐려진다. 땀방울이 눈에 타고 들어가 따갑고 눈물이 나지만 감염 위험 때문에 닦을 수도 없다. 5분만 입어도 땀범벅이 되는 방호복을 2시간 동안 입는 것을 원칙으로 한다. 하지만 환자 상태가 좋지 않으면 3~4시간 이상을 연속으로 입기도 한다. 체력의 한계, 감염의 위험 등에서 목숨을 걸고 코로나와의 사투를 벌이는 이들은 서로를 '백의의 전사'라고 부른다.

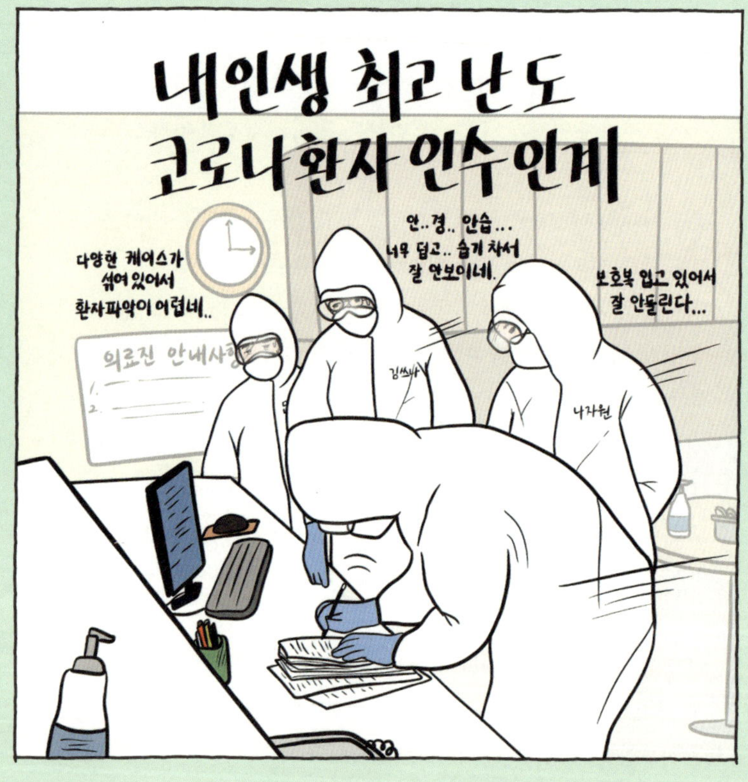
내인생 최고 난도
코로나 환자 인수인계
다양한 케이스가
섞여 있어서
환자파악이 어렵네..
의료진 안내사항
1.
2.
안..경.. 안습...
너무 덥고.. 습기 차서
잘 안보이네.
보호복 입고 있어서
잘 안들린다...
김쌤
나자원

오늘 있었던 특이사항 및 환자의 상태에 대해 인수인계를 하는데
보호복을 입고 있어 잘 들리지 않는다. 워낙 이벤트가 많고, 환자의
케이스가 다양하다 보니 들어도 무슨 말인지 이해하기가 어렵다.
심지어 시간이 지나면 안경과 고글에 습기가 차서 잘 보이지 않을
때가 있다. 내 인생 최고 난이도의 환자 인수인계이다.

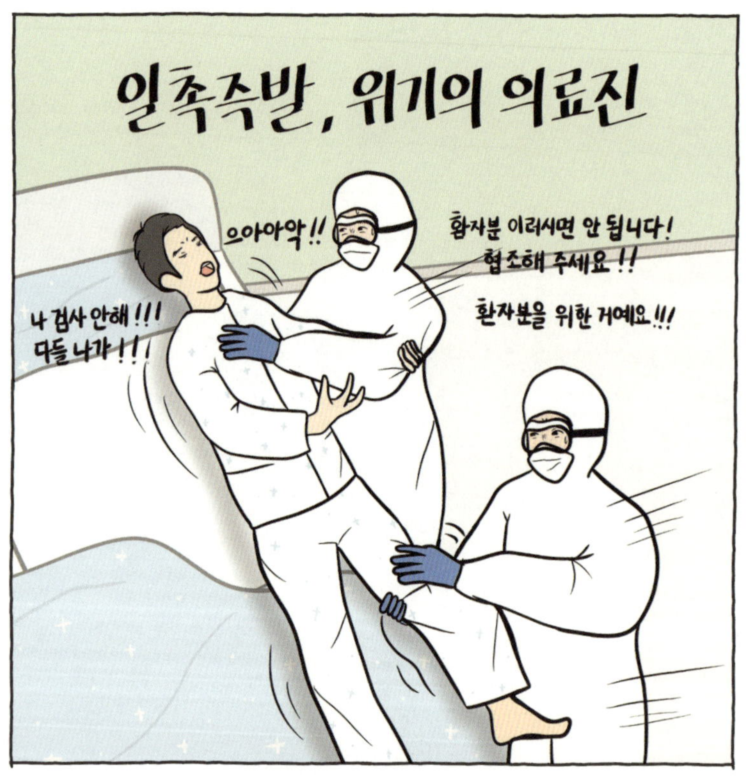

일촉즉발, 위기의 의료진
으아아악!!
환자분 이러시면 안 됩니다!
협조해 주세요!!
환자분을 위한 거예요!!!
나 검사 안해!!!
다들 나가!!!

정신질환자이다 보니 감염 환자가 종종 돌발 행동을 하는 경우가 있다. 코로나 검사 때문에 실랑이를 벌이던 중 돌발 상황이 일어났다. 환자가 난폭하게 변하면서 손을 뿌리치고 무력을 사용하기 시작한 것이다. "하기 싫은데 왜 자꾸 하라는 거야!" 고함을 지르며 의료진들을 위협하기 시작했다. 그 소리를 듣고 남자 간호사, 조무사들이 모두 달려왔다. 어찌나 힘이 센지 의료진 6명이 달라붙어 겨우 진정시킬 수 있었다.

이 환자는 정상적으로는 도저히 검사 진행이 불가능하다는 판단이 내려졌다. 담당 의사의 처방에 따라 진정제를 투약하고 검사를 진행했다. 환자의 돌발 행동으로 의료진의 보호복이 찢어지거나 고글이나 마스크가 벗겨지기라도 했다면 상상도 하기 싫은 끔찍한 사고로 이어질 수도 있었다.

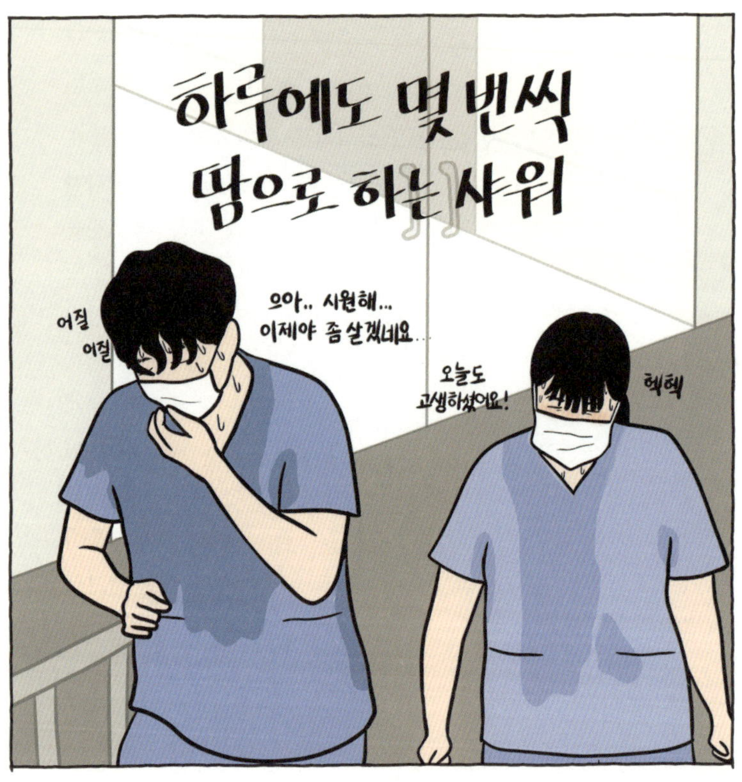
하루에도 몇 번씩
땀으로 하는 샤워
어질
어질
으아.. 시원해...
이제야 좀 살겠네요...
오늘도
고생하셨어요!
헥헥

“하, 너무 힘들다. 보호복 벗으니 살 것 같네. 정말 고생 많았어요.”
“하루에도 땀으로 샤워를 몇 번이나 하는지, 가서 좀 쉬어요.”

보호복을 입고 환자를 간호하는 건 언제나 적응이 안 된다. 오늘은 근무하면서 속이 메스껍고, 현기증과 두통이 심하게 느껴졌다. 근무가 끝나자마자 얼음물을 뒷목에 대며 겨우겨우 버텼다. 하루하루가 지날수록 체력 소모가 심해졌다. 실제로 토할 것 같다며 못 버티고 병동을 뛰쳐나가는 동료들도 한두 명씩 생겨났다.

생각보다 빨리 찾아온 청도와의 작별인사

의료지원 7일 차, 생각보다 청도와의 작별인사가 빨리 찾아왔다. 청도 대남병원 확진자들의 상태가 호전되거나 타 지역 병원으로 이송되면서 이곳에서의 상황이 모두 종료됐다. 이후 새롭게 발령난 곳은 경북의 안동의료원이였다. 이동하기 전 남은 건 코로나19 검사뿐이었다.

함께 일했던 의료진 중 1명이라도 확진자가 나오면 모두가 격리되어야 하는 상황이라 서로가 검사 결과에 촉각을 곤두세우고 있었다. 워낙 변수도 많았고 돌발 행동을 하는 환자들도 많았기에 의료진 중 한 명쯤은 충분히 감염의 위험에 노출될 수 있는 상황이었다.

모두들 말은 안 했지만 '에이 설마, 아닐 거야. 아니어야만 해!'를 속으로 수십 번씩 생각하며 검사 결과가 나오기까지 마음 졸였다고 한다. 다음날 아침이 밝았다. 기적은 일어났다. 67명 중 단 한명의 의료진도 코로나19에 감염되지 않고 모두 음성 판정을 받았다는 소식이 들려왔다.

의료지원 파견 간호사가
국민에게 쓰는 편지

유난히 따뜻했던 겨울이었지만
왜이리 차갑게만 느껴졌을게요.

봄이 되어 새싹이 움트고 꽃이 피고
아이들이 뛰놀아야 할 것만 같지만
온세상이 고요하다 못해 적막합니다.

잘 알지도 못하는 낯선 손님이 찾아와
온 국가를, 전 세계를 떠들썩하게 합니다.
도대체 언제쯤, 이 상황이 잠잠해질까요.

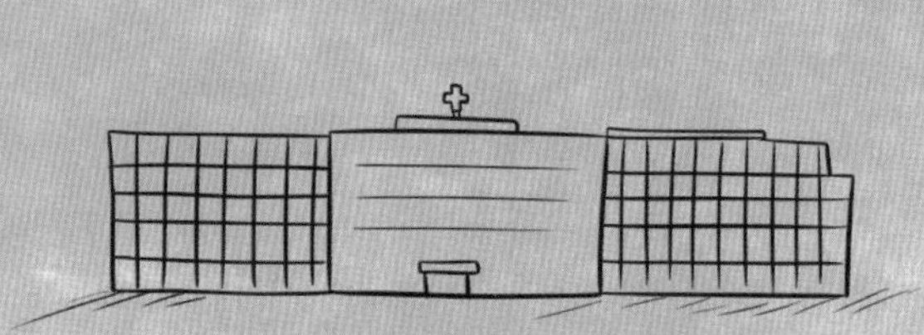

저는 경상북도 청도대남병원에서 1차 임무를 완수하고
현재는 안동의료원에서 확진자를 직접 간호하고 있습니다.
의료인들이 부족하다는 대한간호협회의 호소문을 보고
직접 지원하여 왔지만 저도 두렵고 무섭긴 마찬가지입니다.

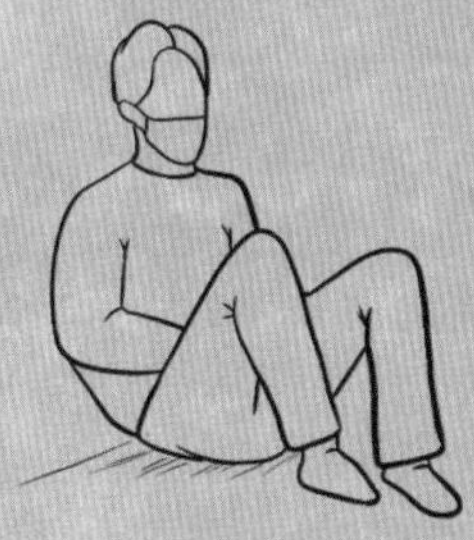

간호를 하다 정신과 환자분들이 돌발 행동을 하진 않을까
안에 하나 확진자를 간호하다가 나도 감염이 되진 않을까
일어나지도 않은 일이지만 하루에도 수 십 번씩 걱정을 합니다
병원과 숙소만 오가며 격리된 상황도 이제 지쳐만 갑니다.

레벨 D 방호복을 입으면 1분만 활동을 해도 온몸에 땀이 흐릅니다.
열기가 빠져나갈 곳이 없어 고스란히 그 열기가 얼굴에 올라옵니다.
그 열기로 인해 고글에 습기가 차고, 시야가 점점 흐려집니다.
마스크로 인해 숨쉬기가 힘들어 벗어내고 싶을 때도 많습니다.

근무가 끝나면 보고 싶은 사람들이 자꾸 눈앞에 아른거립니다.
보고 싶어도 볼 수 없다는 그 상실감이 때론 버겁습니다.

　　결혼 5개월차　신혼부부이지만　생이별을 각오하고
떠나던 날　눈물을 흘리며 안아주던 아내가 보고싶습니다.

대표의 빈자리가 매우 크겠지만 믿고 다녀오던
널스노트 회사 식구들과 화상 회의를 하다보면 괜스레 미안합니다.

자식이 `사지'에 가는 것 같다며 걱정스러운 눈빛으로
저를 보내시던 부모님의 그 작별 인사가 아직도 생생합니다.

하지만 저는 아직 돌아갈 수 없습니다.
제가 해야 할 일이 아직 더 남았기 때문입니다.
저로 인해 누군가는 더 치료를 잘 받게 되고,
부족한 의료진의 일손에 조금의 보탬이라도 된다는 게
이곳 가운데서 보람을 느끼며 하루하루 버티는 이유입니다.

생명을 담보로 국가의 재난 상황 가운데
봉사와 희생을 자처한 백의의 전사들이 여기 있습니다.
그들의 수고와 헌신을 잊지 말아 주십시오.

국가와 국민, 의료진이 함께 힘을 모아
방장을 줄여가며 상황을 극복해 나가고 있습니다.
그들의 희생과 섬김을 봐서라도 조금만 더 힘을 내주십시오.

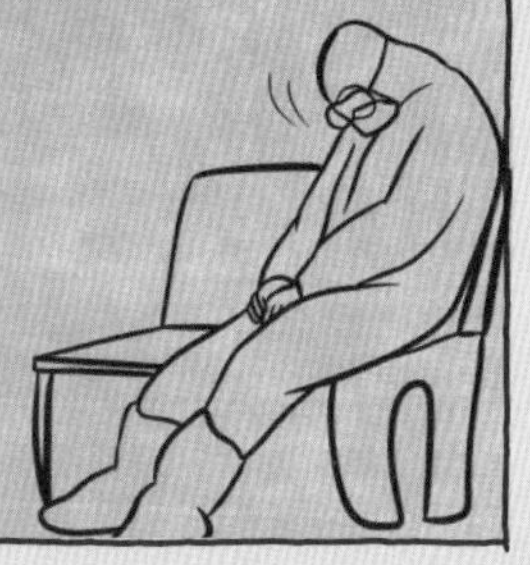

빼앗긴 들에도 봄은 옵니다.
코로나 19로 빼앗겨버린 2020년의 봄이
하루 빨리 돌아왔으면 좋겠습니다

싱그러운 초록과 아름답게 안개한 꽃을
사랑하는 사람들과 함께 보고 싶습니다.

그 날을, 그 날은 손꼽아 기다려 봅니다.

#NURWAYS WITH YOU
코로나 최전선에서 우리와
항상 함께하는 간호사를 응원해주세요.

Nurse always be with you

코로나 최전선에서 우리와

항상 함께하는 간호사를 응원해주세요.

의료지원 와서 간호사분들이 생각보다 더 힘든 상황임을 인지했다. 어떻게 하면 그들을 위로하고, 응원해줄 수 있을까 고민하다가 간호사 응원 캠페인을 시작하게 되었다.

#NURWAYS WITH YOU 간호사 응원 캠페인은 간호사 응원 문구를 들고 사진을 찍어 인스타그램에 공유하는 형태로 진행됐다. 한 달 만에 2,000명이 넘는 분들이 참여해주었다. 100만 명이 넘는 분들에게 이번 캠페인이 알려졌고 많은 간호사분들이 힘과 용기를 얻었다고 전해왔다. 게시물 1개당 500원이 모금되는 형태로 진행됐던 캠페인은 너스키니, 권단비 님의 추가 후원을 통해 200만 원이 모금되어 대구동산병원에서 고생하시는 간호사 선생님들께 응원 물품을 전달해 드릴 수 있었다.

괜찮다지만 진짜 괜찮은 건 아니다

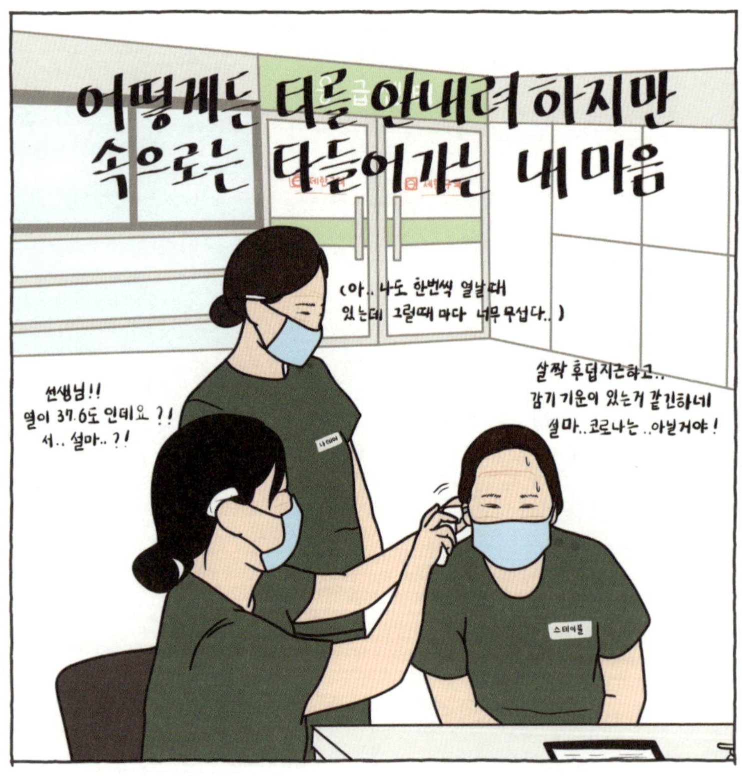

코로나 병동 의료진에게 무엇보다 힘든 건 언제 어떻게든 감염될 수 있다는 공포다. 나도 안동의료원에 온 뒤로 열이 한 번 났었다. 37.6도쯤 됐다. 당시 다행히도 업무 중이 아니었다. 열을 잰 즉시 철저한 자가 격리에 들어갔고, 아내가 보내준 영양제와 비타민을 꼬박꼬박 챙겨 먹었다. 그렇게 이틀을 보내고 나니 몸이 가벼워졌다.

만약에 업무 중 의심 증상이 나타난다면 정말 큰일이다. 곧장 업무에서 빠져야 하는데 인력이 부족한 상황에서 의료진들에게 매우 치명적인 상황이 된다. 모든 의료진이 걱정하는 건 자신이 바이러스 매개체가 될 수 있다는 사실이다. 가족들과 함께 사는 경우라면 더 그렇다. 자신보다는 남에게 피해를 줄까 마음 졸이는 간호사들을 보며 마음이 애잔해졌다.

한 번 열이 나고 나니 불안감은 더 심해졌다. 체력 소모보다 감염 위험에 노출돼 있다는 현실이 더 힘들다. 여기에 있는 의료진들도 열이 조금이라도 나거나 몸 상태가 좋지 않으면 '설마 코로나는 아니겠지.'라는 생각을 하루에도 수십 번씩 한다. 다들 어떻게든 최대한 조심하려고 하지만 걸려도 어쩔 수 없다는 마음이다. 괜찮다고 말은 하지만 그들은 결코 괜찮지가 않다.

따뜻한 밥을 드리기 위해 오늘도 최선을 다합니다

안동으로 온 지 며칠이 지났다. 어느덧 이곳도 적응이 되어간다. 근무지가 달라졌지만 나아지는 건 딱히 없다. 이전처럼 정신질환을 앓는 확진자들의 소동은 없었지만 또 다른 무리한 부탁이 등장했다. "집에서 쓰던 물건을 택배로 보냈거든요. 그것 좀 받아주실래요?", "제가 그 환자 보호자인데 한 번만 보고 갈게요. 아니면 이거라도 전달해줘요."

뿐만 아니라 요양보호사나 간병인들이 감염병동에 들어올 수 없으니 요양병원에서 온 치매 환자의 기저귀 갈기, 식사와 약을 챙겨드리는 일이나 돌발 상황에 대한 대처를 모두 간호사가 해야 했다. 보호복을 입고 간호하는 게 매뉴얼상으로는 2시간이 최대이지만 환자의 상태가 안 좋아지기라도 하면 4~5시간 동안 그 안에 있을 때도 많았다.

가끔은 너무 힘들고 당장 뛰쳐나가고 싶었지만 나갈 수가 없다. 내가 아니면 안 되는 이들이 있기 때문이다. 간호사가 담당 환자를 포기해버리면 그 누구도 봐줄 사람이 없다. 오늘도 간호사들은 그저 환자분들께 따뜻한 밥을 드리기 위해 묵묵하게 각자의 자리에서 최선을 다할 뿐이었다.

얼굴과 국민들의 가슴에 새겨진
코로나 최전선 의료진들의 헌신
코로나
아.. 시원해
헥헥
오늘도
고생했어요!
내일은
부디 확진자가
없기를...

의료인들의 얼굴을 보면 메디폼이나 밴드가 붙어 있다. 이런 일이 발생하는 이유는 불량 보호장비 때문이다. 의료진들이 착용하는 보호장비의 공급은 코로나19 사태 초반보다 많이 개선됐다. 그러나 가끔 불량제품이 섞여서 들어온다. 실제로 근무 중 3~4번씩 지퍼가 열리는 불량 방호복을 입은 분들이 계셨다. 정말 끔찍한 상황이지만 수량이 많지 않기 때문에 열린 지퍼 틈을 테이프로 붙인 채 일을 해야 했다.

얼굴에 반창고를 붙이고 일해야만 하는 상황도 정상적인 고글을 사용한다면 어느 정도 해결할 수 있는 문제이다. 좋은 고글은 한두 시간씩 써도 전혀 문제없다. 하지만 10분만 지나도 송곳으로 찌르는 듯이 이마를 찍어 누르는 고글이 있다. 국소적인 부분에 통증이 몰려버리기 때문에 두통이 생기거나 현기증이 발생하여 답답해진다.

또한 모든 걸 환자에게 맞춰야 하기 때문에 에어컨은 켤 수 없고 오히려 난방기를 켠다. 일 끝나고 돌아오면 냉장고에 붙어 있거나 얼음물을 얼굴에 대면서 버틴다.

얼굴은 쓰라리지만 마음은 훈훈합니다

담당 환자에 대한 간호를 마치고 감염의 위험을 최소화하여 보호구를 해제한다. 이때가 가장 행복한 순간이다. 땀으로 젖은 간호복 사이로 시원한 바람이 들어올 때 그 기분은 말로 설명할 수 없다. 보호복을 벗고 주변 동료들의 얼굴을 보니 하나같이 밴드나 반창고, 상처 테이프, 심지어 A4용지를 잘라서 얼굴에 붙이고 있다.

그러한 상황에도 그들의 얼굴엔 미소가 남아 있다. 힘들긴 해도 누군가는 해야 하는 일이고, 도움이 필요한 곳에 도움을 줄 수 있다는 게 힘들지만 웃으며 일할 수 있는 이유다. 오히려 이들이 환자들에게 "끝까지 포기하지 마세요.", "할 수 있어요! 저희가 있잖아요.", "화이팅!"이라고 말할 땐 오히려 내게 힘이 되고 희망이 생긴다.

얼굴에새겨진 상처
국민의 가슴속 훈장

근무를 하던 어느 날 우연히 사진 한 장을 봤다. 순간 시선을 뗄 수 없어 화면을 한참 바라보았다. 이내 마음이 뭉클해졌다. 사진은 AFP통신의 한 포토저널리스트가 계명대 대구 동산병원 간호사들의 모습을 찍은 것이었다. 사진 속 간호사들은 코로나19와 사투를 벌이면서도 마스크 너머로 웃음을 잃지 않았다.

"간호사들이 의사보다 환자들 돌보는 데 더 많은 시간을 보내기 때문에 반창고를 붙일 수밖에 없다. 코로나19와의 싸움에서 가장 헌신하는 이들이 바로 간호사다."
-대구동산병원 관계자의 AFP 인터뷰 중

확진자가 밀려온다, 걱정이 몰려온다

1월 20일경 선별 진료소를 시작으로 이곳 의료원이 코로나 사태를 맞이한 지가 어느덧 두 달째이다. 이제는 제법 익숙해져 웃으며 일하지만, 처음엔 이곳 분위기도 썩 좋지만은 않았다. 기존 의료원 간호사 선생님들과 이야기를 나눠보면 '솔직히 내가 왜 이 위험한 일을 해야 하지?', '만에 하나 나도 감염이 되지는 않을까?' 하는 생각을 대부분 가졌다고 한다.

확진자가 얼마 되지 않았을 때 금방 끝날 거라 생각했는데 갑자기 대구·경북 지역에 확진자가 물밀 듯이 밀려왔다. 누군가는 해야 하는 일이고, 힘을 모으지 않으면 이 사태에 국민이 모두 패닉에 빠질 수 있는 상황이었다. 그때부터 모든 직원이 힘을 모아 이 사태를 잘 이겨내야겠다고 마음을 다잡았다고 한다.

'코벤저스'와 함께라면 두렵지 않습니다

사태가 장기화됨에 따라 의료진들은 각자의 방법으로 코로나와의 전쟁의 전열을 가다듬는다. 이제는 서로 배려하며 어떻게든 즐겁게 일을 해보려고 노력하는 모습이 보인다. 그렇게라도 하지 않으면 이들의 하루엔 너무 힘든 일만 있기 때문이다.

"너 오늘 2번 들어갔잖아. 이제 좀 쉬어."
"아니야. 내 환자니까 내가 들어가서 끝까지 하고 갈게."

"우리 이렇게 보호복 입고 모여 있으니까 꼭 지구를 지키는 히어로 같지 않아? 사진이라도 찍어두자."

"그러네. 좀 웃기긴 하는데 어벤저스 같은 포즈라도 해볼까?
코, 코벤저스?"

그렇게 우리들은 함께 이 사태를 맞이하는 법에 대해 배워간다. 처음의 부정적 생각이 이제는 오히려 우리를 더 똘똘 뭉치게 한다. 모두가 힘을 모아 으쌰으쌰 나아가게 한다.

보내주신 응원과 후원으로
오늘도 우린 힘을 내봅니다.
잘 먹고 건강하게
간호하겠습니다!
우릴위해 이렇게 많은분들이
비타민, 홍삼. 면역 식품과 같은
건강 제품을 보내주시다니…
힘들고, 두렵긴 하지만 국민들의
후원과 응원에 너무 큰 힘이 되네요!
코로나 의료진
화이팅!
힘내세요 ♥

의료진들도 서로 으쌰으쌰 하지만 우리를 또 힘나게 하는 건 국민들이 보내주시는 응원과 후원이다. 오늘도 오미자 음료, 도시락, 면역력을 높여주는 한방차까지 다양한 후원 물품이 들어왔다.

"제가 할 수 있는 게 이것밖에 없어서 마카롱이라도 만들어서 보내드립니다. 먹고 힘내세요."
"여러분들이 있어서 제가 발 뻗고 잡니다. 끝까지 건강하세요!"

후원 물품엔 어찌나 정성스레 응원 글귀를 적어 보내주시는지 보고 있으면 기분이 좋아진다. 몸은 지치지만 마음은 훈훈해진다. 이들의 대가 없는 나눔과 함께 그 무거운 짐을 짊어지려는 모습에 대한민국 국민이 자랑스러워진다.

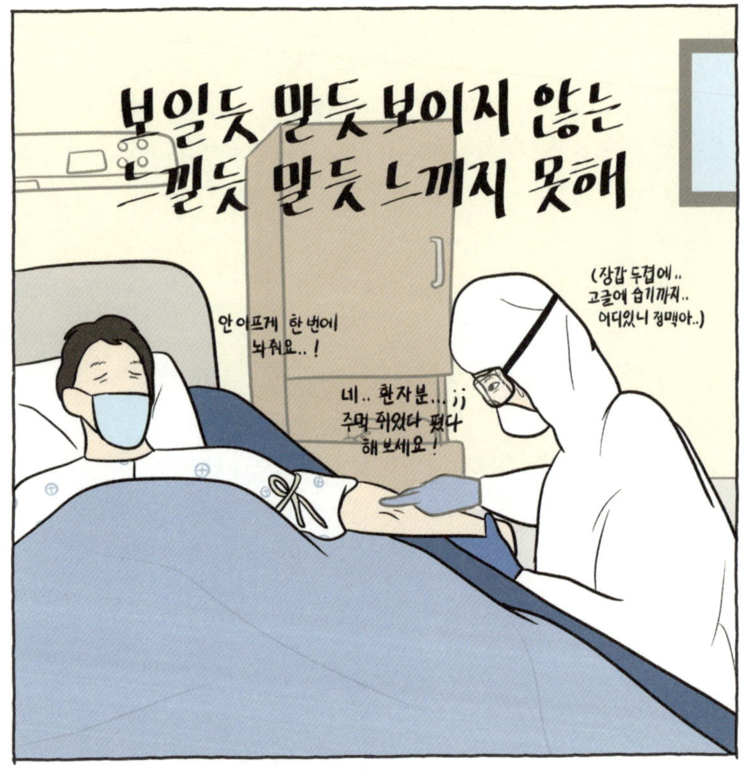

보일듯 말듯 보이지 않는
느낄듯 말듯 느끼지 못해
(장갑 두겹에..
고글에 습기까지..
어디있니 정맥아..)
안 아프게 한 번에
놔줘요..!
네.. 환자분...;;
주먹 쥐었다 폈다
해 보세요!

오늘은 열이 나는 환자에게 항생제를 투여하라는 오더가 있었다. 지속적인 약물 투약을 위해서는 정맥으로 주사약을 투여해야 한다. 환자는 나이가 지긋한 할머니였다.

혈관과의 사투가 시작됐다. 겉 장갑과 속 장갑을 껴서 손가락에 감각이 없다. 온몸엔 땀이 주르륵 흐르고 있다. 보호복 안에선 보이지 않는 열기와의 전쟁이 한창이다. 그 열기가 고스란히 얼굴로 올라온다. 안경과 고글에 습기가 자욱하다. 아뿔싸, 시야가 흐려져 눈이 잘 보이지 않는다. 손에는 감각이 없어 혈관이 느껴지지도 않는다.

총체적 난국이다. 더듬더듬 오로지 운과 감에 의지하여 첫 번째 시도를 했지만 결과는 실패다. 죄송하다 말씀드리고 아직 한 발 남았다는 심경으로 다시 도전했다. 다행히도 혈관 주사기 끝에 피가 보인다. 피가 이렇게 반가울 줄이야. 피가 보인다는 건 주사기가 정맥에 잘 자리 잡혔다는 뜻이다. 안도의 한숨을 내쉬었다.

눈물 없이 할 수 없는 공포의 코로나 검사

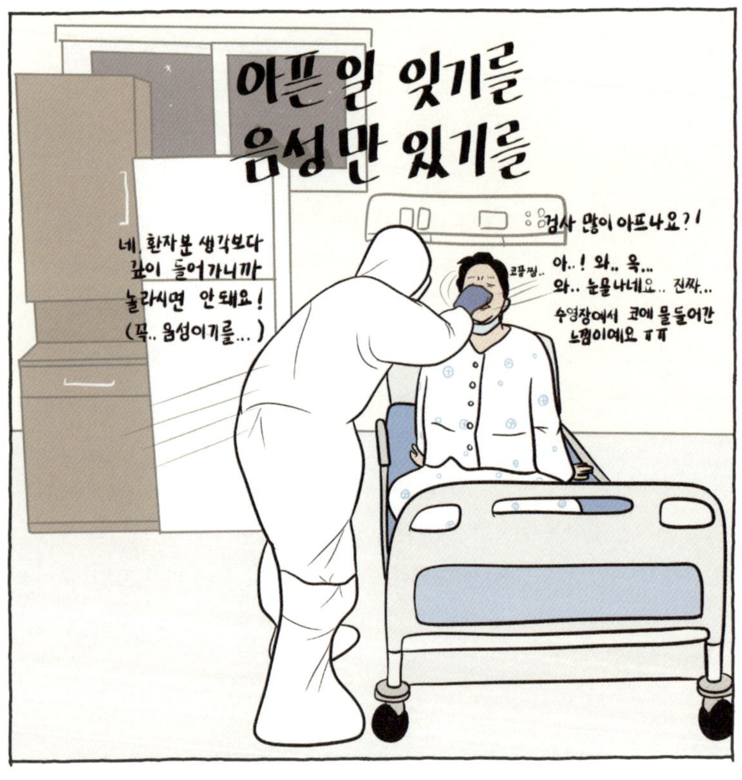

내가 담당하는 환자가 오늘 코로나 검사(PCR 검사)를 받았다고 한다. 코로나 사태가 장기화되면서 환자들이 폐쇄병동에서 지내는 게 답답한지 검사 결과에 대해서 자꾸 물어본다. 한 번 검사를 받는 게 쉬운 과정은 아니라 더 이상 검사를 받고 싶지 않다고 울먹이는 환자들도 있다.

그 깊이에 한 번 놀라고, 면봉이 나올 땐 아파서 눈물을 쏙 뺐다. 환자도 표정이 좋지 않았다. 오늘 검사 받은 환자에게 괜찮은지 물어보니 잘 안 들리셨는지 "응?! 뭐라고? 음성이래?"라고 되물어보셨다.

얼마나 음성을 받고 싶었는지 듣고 싶은 대로 들으신 것 같다. 안타까운 마음으로 아직 결과가 나오지 않았다고 말했다. 환자들이 빨리 회복되어 아픈 일은 잊고, 음성만 있기를 속으로 기도했다.

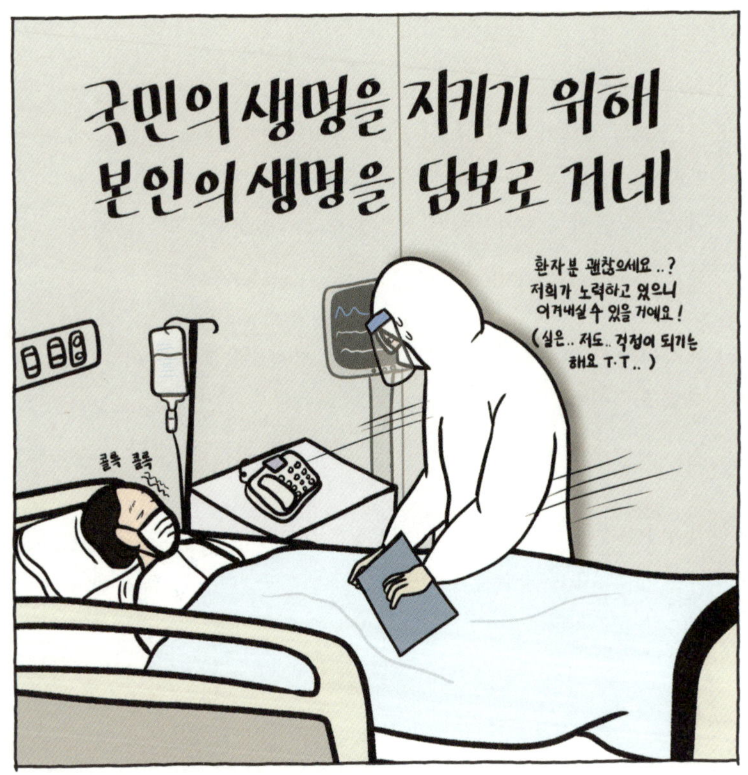
국민의 생명을 지키기 위해
본인의 생명을 담보로 거네
환자분 괜찮으세요..?
저희가 노력하고 있으니
이겨내실 수 있을 거에요!
(실은.. 저도.. 걱정이 되기는
해요 T·T..)
콜록 콜록

며칠 전 어느 여성 환자가 입원했다. 2인실로 입원했는데 이상한 점을 발견했다. 원칙상으로는 여성과 남성은 같은 병실을 사용하지 못하지만 남녀가 한 병실을 사용하고 있었다. 이유를 물어보니 엄마와 아들이라고 했다. 아들이 먼저 확진 판정을 받아 입원했고, 그 후 엄마도 확진 판정을 받고 입원하게 된 것이다.

속으로 참 딱하다는 생각을 했다. 아들이 확진 판정받은 것도 좋지 않은 일인데 어머니와 함께 확진되어 같은 병실을 쓴다는 게 애석하게만 느껴졌다. 거기서 그치지 않았다. 어머니는 평소에도 투석을 받을 정도로 신장 기능이 좋지 않았다. 그런 상태에서 코로나에 걸리게 되어 상태가 급속도로 악화되기 시작했다.

그런 상황을 보고 아들의 마음은 무너져 내렸다. 한시도 쉬지 않고 옆에서 지극정성으로 어머니를 간호했다. 아들의 정성어린 간호로 조금 괜찮아지나 싶더니 어느 날 어머니의 상태가 악화되어 대형병원 중환자실로 옮겨야 한다는 소식을 전하게 되었다.

아들은 눈물을 감추지 못했다. 어머니와 작별해야 한다는 소식을 듣고 하늘이 무너져 내리는 것 같았다고 한다. 어머니가 전원을 가시는 그날 어머니의 짐을 대신 싸는 아들의 모습을 지켜본 우리도 함께 눈물을 흘렸다. 부디 두 모자가 건강한 모습으로 다시 만났으면 하는 바람뿐이었다.

일분일초도 눈을 뗄수 없는
코로나 사태 환자 모니터링
선생님 저랑 같이 들어가요
지금 바로 보호복
착용 하겠습니다
이 환자 모니터 계속 알람뜨네
SPO2 80%대로 떨어졌는데?
기뻐야 하는거 아니야?
어?
진짜네요..
저기 왜 그러지...

최근 코로나 사태가 잠잠해지는 듯했지만 경북지역 어느 요양병원에서 집단감염이 일어났다. 경북의 감염 전담병원인 안동의료원에도 요양병원 환자들이 이송되어 오게 됐다. 내가 담당한 환자는 요양원에서 오신 80세가 넘은 할머니였다. 치매 증상이 있고 거동이 불편하셨다. 간병인의 도움이 없이는 아무것도 할 수 없는 상황이다.

하지만 격리병동의 특성상 보호자 및 간병인의 출입을 불허한다. 고스란히 그 역할을 간호사가 해야 한다. 다른 확진자들을 간호하는 것도 쉽지 않다. 그런 상황에서 환자의 식사, 투약, 상태 체크와 심지어 기저귀 가는 일까지 하다 보면 2~3시간이 훌쩍 지나버린다.

이런 환자분들은 24시간 CCTV로 모니터링을 하면서 돌발 행동을 하거나 상태가 안 좋으면 몇 번이고 보호복을 빠르게 입고 들어가서 환자의 상태를 살펴야 한다.

시간이 흐를수록 이 환자분을 담당한다는 게 부담스러워진다. 아무리 사명감과 보람으로 일을 한다고 하지만 그것도 한계가 있다. 마침 그때 모니터를 보니 그 환자의 모니터에 알람이 울린다. '또 시작이군.' 착잡한 심정으로 재빨리 보호복을 갈아입는다.

고맙다는 말 한마디에 고단했던 날에 대한 후회 없네

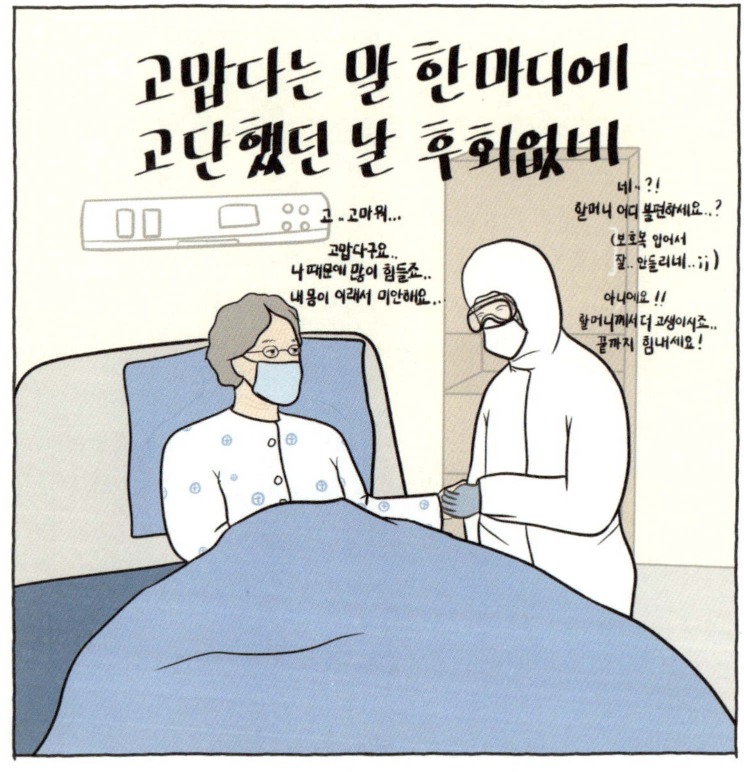

요즘 요양병원에서 이송되어 온 치매 할머니 때문에 병동 분위기가 좋지 않다. 한 번 들어가서 처치를 하고 오면 또 다른 문제를 발생시켜 우리를 힘들게 한다. 이번엔 기저귀를 갈아야 했다. 치매로 인해 정신이 온전하지 않으셔서 협조가 잘 되지 않아 더욱 힘겨웠다.

가까스로 기저귀를 갈고 자리를 떠나려 할 때 작은 소리가 들려온다. 잘 들리지 않아 환자분께 가까이 다가갔다. '또 무슨 부탁을 하실까.' 마음을 졸이며 다시 한 번 말해달라고 부탁했다. 그랬더니 할머니께서 손을 잡으시면서 "고마워, 나 때문에 많이 힘들지. 내 몸이 이래서 미안해. 잠도 못 자고 고생이 많네."라고 말씀하셨다.

평소엔 말도 잘 못하시고 표현도 없으시다가 잠깐 정신이 드셨나 보다. 그 말을 듣고 조금이나마 불평불만했던 내 자신이 부끄러워졌다. '이 분도 아프고 싶어서 아픈 게 아닐 텐데. 그 누구보다 힘든 건 환자 본인일 텐데.'라는 생각이 들었다. 만감이 교차했다. 고맙다는 말 한 마디에, 고단했던 날에 대한 후회가 사라졌다.

'코로나19'

이름 모를 어느 낯선 이가
송두리째 앗아간 우리의 일상.

국가, 국민, 의료진, 간호사도
이러한 상황을 마주한 건 처음이었다.

각자가 그 자리를 지키며 버텨내는 것
이외에는 어느 것도 할 수가 없었기에

곳곳에서 묵묵히 자신의 역할을
감당해내며 버티고 있을 뿐이었다.

그 코로나 현장의 최전선에
우리 간호사들이 있다.

천사의 날개를 잠시 접어두고
백의의 전사가 된 간호사.

총포탄만 빗발치지 않을 뿐
언제 어디서 또 폭발할지 모르는
코로나 병균과의 전쟁 가운데

험지를 가리지 않고
각자의 위치를 사수하고 있다.

그것도 아주 멋지게.

곳곳에서 묵묵히 자신의 역할을 감당해내는 간호사

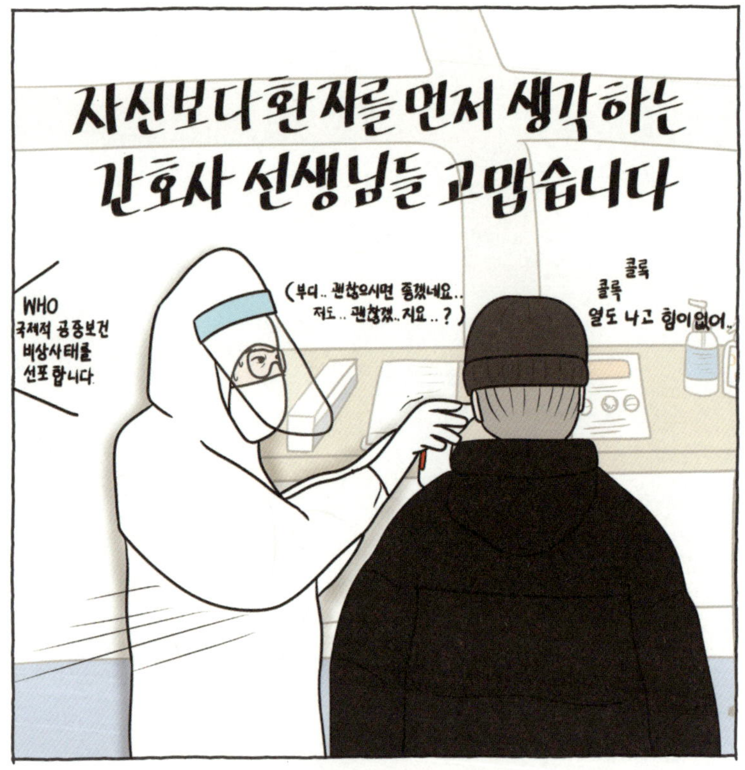

'양성일까, 음성일까'
모두가 마음 졸이는
선별 진료소에서도

끝까지 포기하지 않을 테니 조금만 더 힘을 내주세요.

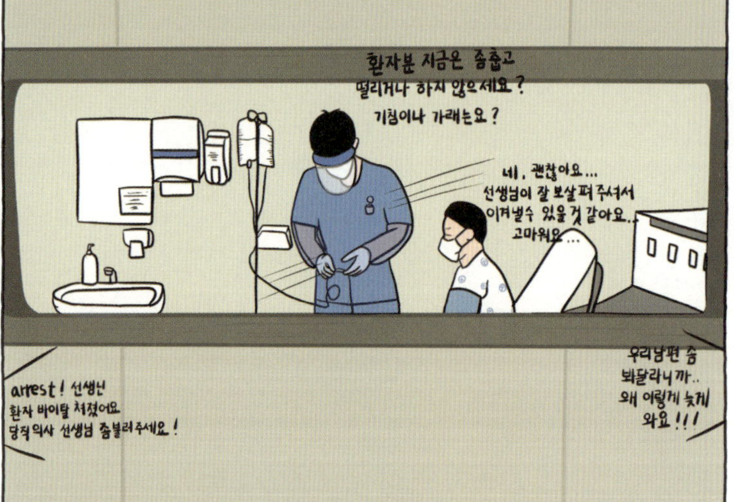

기존 환자와 코로나 환자를
동시에 돌봐야 하는 열악한
병원 내 음압병실에서도

대한민국의 안녕과
국민의건강을 향해 충성!
이런 준전시 상황에 간호장교로서
국민들의 건강을 위해
임무를 잘 수행하고 오겠습니다!
물론 처음이라서 떨리지만
그동안 배웠던 간호지식을
발휘하여 최선을 다 하겠습니다.
충성!

간호사관학교를 졸업하자마자
국가를 위해 첫 임무를 수행하러 간
대구의 의료원에서도

무슨 일이 있더라도
꼭 지켜내겠습니다 !
모두 코로나
이겨냅시다 !
가자아!!!
의료용
산소

경증 환자일지라도
언제 발생할지 모르는
위급한 상황을 위해
CPR 훈련을 하고 있는
생활치료센터에서까지

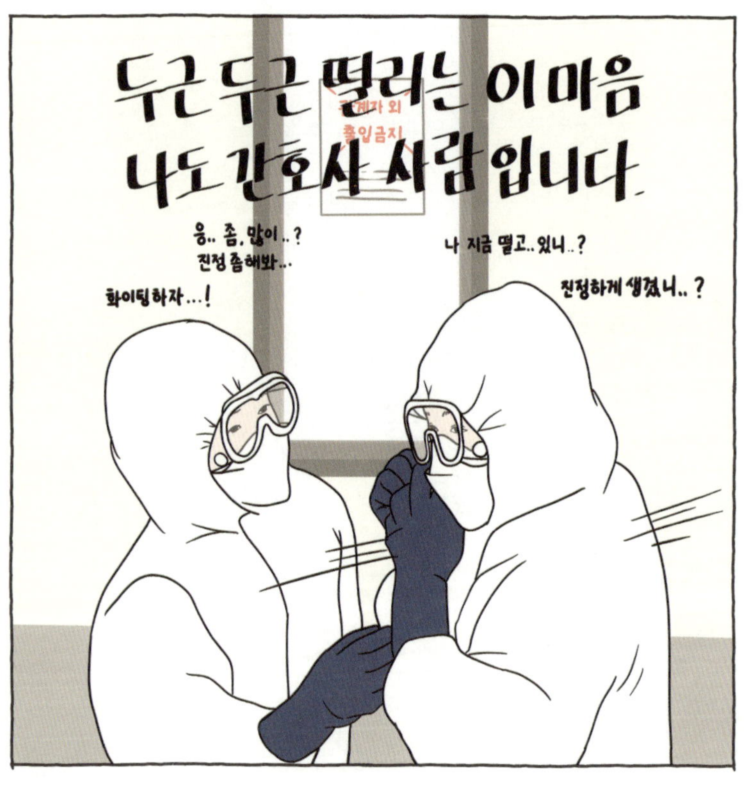
두근두근 떨리는 이 마음
나도 간호사 사람 입니다
관계자 외 출입금지
응.. 좀, 많이..?
진정 좀해봐...
화이팅하자...!
나 지금 떨고.. 있니..?
진정하게 생겼니..?

이들도 사람이기에
두렵고 떨리는 건
마찬가지겠지만

떨리는 마음을 다잡으며
온몸을 감싸는 보호장비를 입고
오늘도 환자들을 만나러 간다.

그대들이 있어 안심입니다.
대한민국 의료인 힘내세요.
환자분 저희가..
끝까지 포기.. 안할게요..
ZZZ...
이제 곧..
6천명 될것 같아..
확진자 이송오고
있습니다!
준비해 주세요!!!

이번 코로나19와의 전쟁에서
가장 헌신하고
가장 많은 시간을
환자들과 보낸 건
분명 '간호사'이다.

그들의 땀과 헌신이
대한민국 국민의
불안한 마음을 안심시키고
두 다리 뻗고 잠 잘 수 있게 했다.

'그대들이 있어 언제나 안심입니다.
대한민국 간호사, 끝까지 화이팅!'

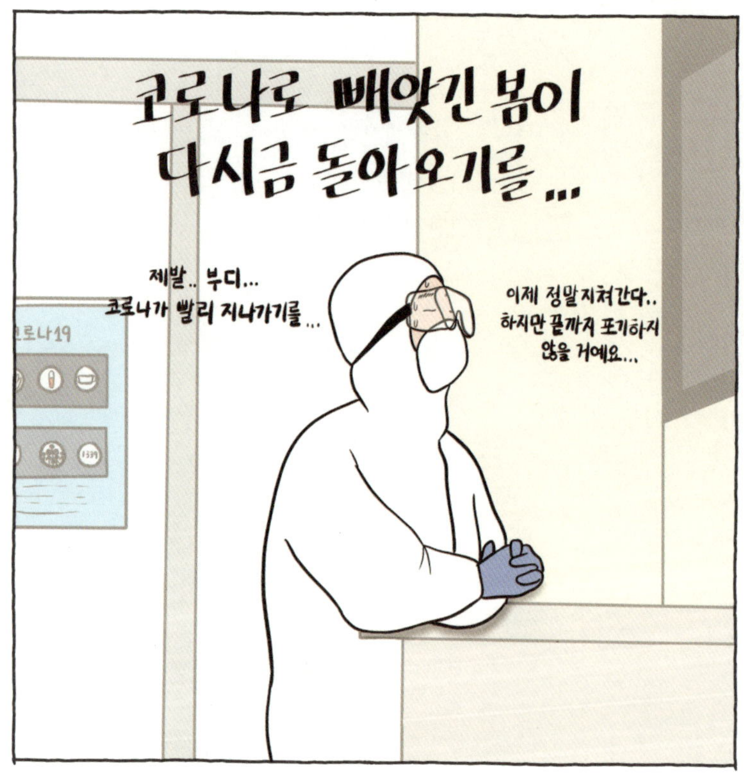

코로나로 빼앗긴 봄이
다시금 돌아오기를...
제발.. 부디...
코로나가 빨리 지나가기를...
이제 정말 지쳐간다..
하지만 끝까지 포기하지
않을 거예요...
코로나19

하루하루 지날수록
지치고 힘든 게 사실이지만

우리가 끝까지
포기하지 않을 테니

코로나로 빼앗겨버린 봄이
다시금 돌아오기를.

PART 2

어서 와,
간호학과는
처음이지?

안녕! 난 고등학교 4학년,
간호학과에 다니고 있어.

학생간호사 프로필

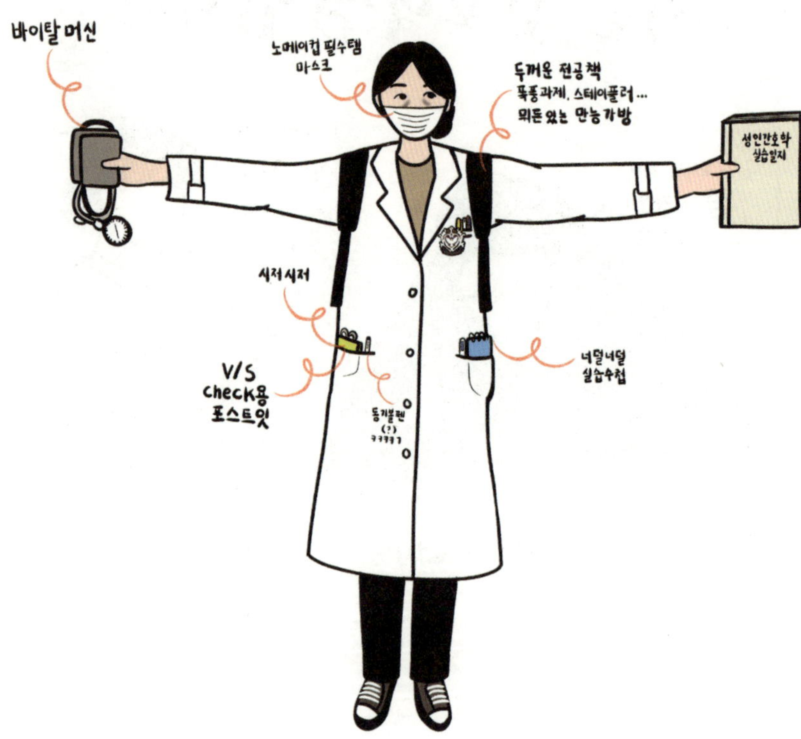

이름: 학생 간호사(SN: Student Nurse)

특기: 시험기간 밤새기, 케이스 발표하다가 말문 막히기

취미: 실습 때 병풍 및 바이탈 기계 되기

특징: 캠퍼스의 낭만을 꿈꾸며 간호학과에 입학했으나, 현실은 고등학교 4학년으로 다시 입학. 공부량 및 실습, 과제, 의학용어 및 쪽지시험 등 하루도 바람 잘 날이 없음. 벽돌 같은 전공책들 덕분에 예쁜 가방은 꿈도 못 꾸고, 기능 좋은 백팩을 난생처음 메게 될 수도 있음.

소지품: 손목시계, 백팩(전공책), 실습복, 실습화, 검정 머리, 머리망, 스프링 수첩, 압박스타킹, 하얀 양말, 케이스 적을 때 필요한 판때기, 몰래 먹을 마이쮸, 삼색 볼펜, 형광펜, 눈밑 다크서클, 체온계, 혈압계, 청진기, 가위 등

열공모드, 난 이 시대의 나이팅게일이 될 거야!

간호학과.

취업이 잘돼서?

부모님의 추천으로?

의료인이라는 전문성 때문에?

그냥 주위에서 좋다고 하니까?

누구나 다 한 번쯤은

이 시대의 나이팅게일을 꿈꾼다.

(feat. 간호학과 입학 전)

조은대학교
간호학과 캠퍼스의 로망
(상상중...)
이제.. 나도...
통금도 풀리고...
미팅도 나가고...
캠퍼스 잔디에서
책도 읽고..
꺄악!

간호학과 입학 전
여학생들의 흔한 착각.

엄마가 대학교 가면 연애도 하고,
소개팅도 하고, MT도 가고,
내가 하고 싶은 것도 다 하게 해준다고 했었지!

따뜻한 햇살을 맞으며 자전거를 타고
캠퍼스를 거닐면 정말 행복하겠지?

간호학과에는
꽃들이 모여 살고요~♪♪
같이 스터디도 하고~
밥도 먹고~
캠퍼스도 누비고..
휘휘휘휘익 ♪
헤헤... 간호사 컵..홀..크큭큭

간호학과 입학 전
남학생들의 흔한 착각.

꽃밭에는 꽃들이 모여 살고요.
간호학과에 가면 난 청일점으로
꽃밭의 꿀벌처럼 지낼 수 있겠지? 흐흐
아무리 힘들어도 견딜 수 있을 거야!

고삼 끝 고사 시작

어.서.와.
간호학과는 처음이지?
조은간호대학교
x 10000 ...+α
x 10000 ...+α
맞..는것 같은데
...요...
저 길을 잘못 찾은 것 같아요..
조은 간호.. 대.. 여기...
아.. 아니죠..?

캠퍼스의 낭만은 온데간데없고
뭔가 음산하고 두려운 느낌적인 느낌.

"어, 잠깐만. 이거 느낌이 좀 쎄한데?"
"나만 그렇게 생각한 거 아니었구나."

"에이, 아닐 거야. 아니어야 돼."
"우리 잘할 수 있겠지?"

"ㄷ ㄷ ㄷ"

학생 간호사님 고마워요!

학생간호사님 고마워요!
학생선생님 시트 좀 가져다주세요!
선생님 ㅇㅇㅇ 환자분 special vital 해왔습니다
(와.. 심쿵.. 천사님.. 나도 꼭 저런 간호사 되야지!)
실습 많이 힘들지요, 학생선생님 덕분에 저희가 너무 고마워요. 좋은 간호사될 거예요!
학생 선생님 여기 바이탈

109

이제부터 본격
간호학과 생활 시작!

어찌됐건
간호학과에 입학했으니
잘해봐야지.

힘들긴 하겠지만 의미 있고,
아주 행복한(?) 4년이 될 거야.

1학년~4학년 간호 학생의 변천사

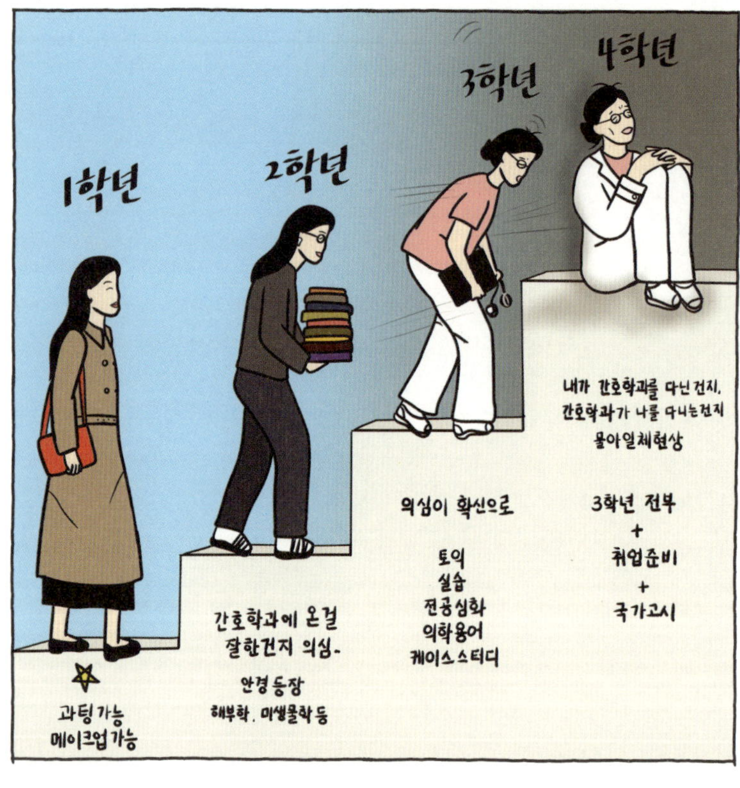

간호학과에 다니면서
시간이 지날수록
퇴화하는 것 같은 건 기분 탓.
(feat. 지못미)

학점은 내가 받을게, 공부는 누가 할래?

#방학끝 #고등학교_졸업 #대학생_시작
#첫시험부터 #문득드는_생각

공부는 하기 싫고
학점은 받고 싶고

그냥 가끔
아주 자주
그렇다고요.

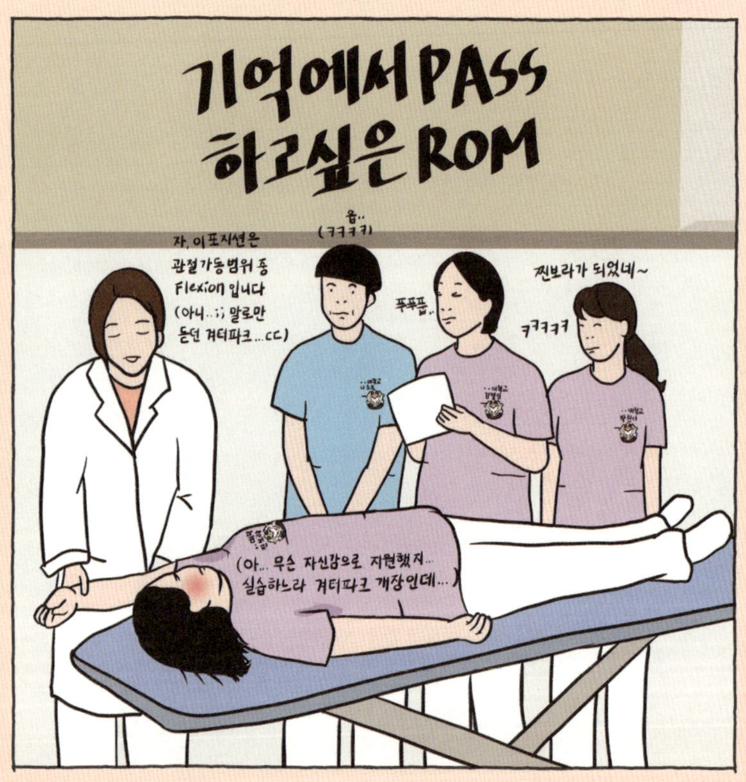
기억에서 PASS 하고싶은 ROM
자, 이포지션은 관절가동범위 중 Flexion 입니다 (아니..ㅋ 말로만 듣던 겨터파크...ㄷㄷ)
옴.. (ㅋㅋㅋㅋ)
푸푸픔..
찐보라가 되었네~ ㅋㅋㅋㅋ
(아... 무슨 자신감으로 지원했지... 실습하느라 겨터파크 개장인데...)

#간호학과 #2학년 #기본간호학 #실습_시작
#우와_여름이다! #겨터파크_개장
#보라색_실습복이_찐보라색이_된_이유

잊지 못할 ROM(관절가동범위)
기본 간호학 실습

눈을 질끈 감을 수밖에 없었던 이유
그날 이후로 별명 찐보라

(feat. 간호학과 2학년)

흔한 간호학과 시험기간. jpg

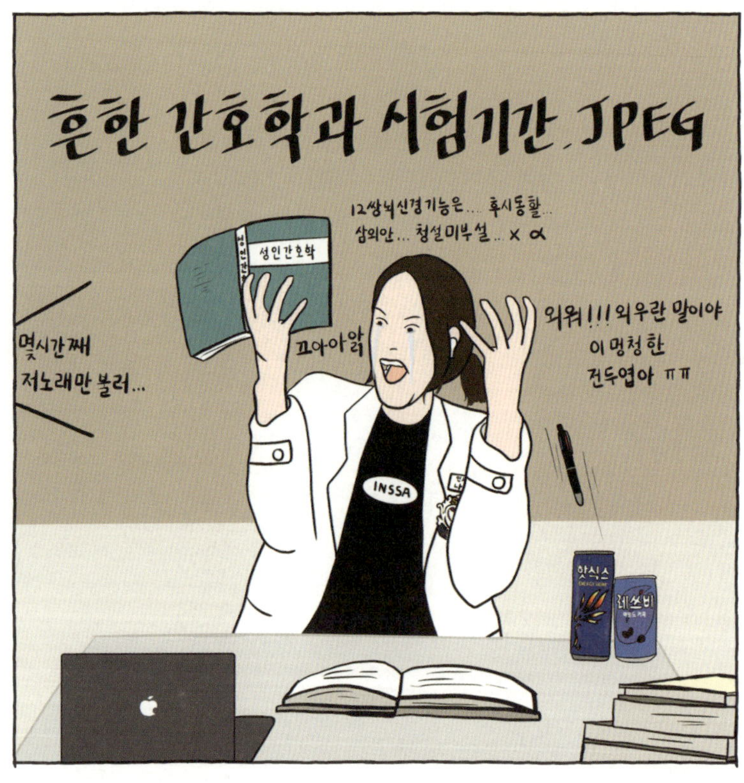

#간호학과 #전공과목_시작
#나돌아갈래 #이게_아령이야_전공책이야

해부학, 생리학, 약리학, 미생물학
기본 간호학, 성인 간호학….

인생은 시험과 과제의 연속,
가끔 내 멍청한 전두엽이 원망스러울 뿐.

나도 이시대의
나이팅게일이 되겠어!
(잘해보자!불끈!)
(나도 훌륭한 간호사가 되겠어!)
나는 일생을 외롭게…
…다짐합니다…

<나이팅게일 선서문>

나는 일생을 의롭게 살며
전문 간호직에 최선을 다할 것을
하느님과 여러분 앞에 선서합니다.

나는 인간의 생명에 해로운 일은
어떤 상황에서도 하지 않겠습니다.

나는 간호의 수준을 높이기 위하여
전력을 다하겠으며, 간호하면서 알게 된
개인이나 가족의 사정은 비밀로 하겠습니다.

나는 성심으로 보건의료인과 협조하겠으며
나의 간호를 받는 사람들의 안녕을 위하여 헌신하겠습니다.

이때만큼은 세상을
'간호'로 이롭게 할거라 다짐한다.
앞으로도 그 다짐 변치 않길.

국시
끝없는 성인간호학
첩첩산중
기말고사
신경계
신생물
으아아앍!
성인간호학 중간고사 산을
드디어 넘었는데...
끝이 아니구나...
근골격계
내가 성인인데...
성인간호학을 오르고...
국시까지 어떡하지...
시험관계
호흡기
야간근무

헥헥…

산악인에게
가장 높은 산 에베레스트

간호인에게
가장 힘든 산 성인간호산

(feat. 심혈관계&신경계)

학생 간호사의 하루
이것은 학생인가 기계인가
샤샤샥
(학교에서 배운 '삼각접기'는
무슨. 우선 바르게 각 잡는게
중요!! 바이탈과 BST를 하려면
속도가 생명!!!)
베드메이킹
혈당
바이탈
슈슈슉
스스슥

난 분명
간호 실습하러 왔는데

현실은
베드 메이킹 기계, BST 마스터
웰컴 투 병풍월드, 바이탈 머신
의학용어 시험, 케이스 스터디

…

언젠간 나도
'간호'하는 날이 오겠지.

(feat. 간호학과 3학년)

병원소식
보고싶고, 듣고만 싶고 정말 알고만 싶다!!!
(훕..으얽얽.. 저도 모르겠어요..)
TLDG
ㅈ.?!ᄉ#
PRC
AC?!@
(나는..무엇..)
아..네..
김○○님.. TLDG.. 5일째
되시는 환자분이시고...
수술장에서 PRC..
3파인트 맞고...
에휴...
인계 무슨 말 인지
모르겠네..
6月

“인계드리겠습니다.”

“815호 환자 abdom!@$#@$@#% OP 해서
1시간에 1번씩 spec@$#%^$%^al? V/S 하면서
observ!@$!@ion하고 있…”

이게 한국어야, 영어야, 외계어야?
나도 듣고 싶고, 알고만 싶다.

간호학회장의 흔한 초능력.jpg

학생회 친구들은
나이팅게일 선서식, MT, 인증평가,
교수님들의 지시 사항,
취업 준비, 시험공부 등

끝나지 않는 학교생활을 하다 보면
이런 생각을 한다고 합니다.

'내가 무슨 부귀영화를
누리려고 학회장을 했을까.'

주변에 학생회 및 간호학과를 위해 고생하는
분들이 있다면 "수고가 많아."라고 한마디 해주세요.

내가 간호학과를 다니는 건지,
간호학과가 나를 다니는 건지

시험기간이 다가온다.
민족대이동이 시작된다.

(feat. 간호학과 4학년)

믿는 만큼 잘될 거야, 힘들어도 조금만 힘내!

대학교에 '방학'이라는 게 있다고 하던데
왜 나는 그게 뭔지 모르겠지?

힘들긴 하겠지만
믿고 행동하는 대로
좋은 결과가 있는 건 분명해요.

조금만 더 힘을 내봅시다!

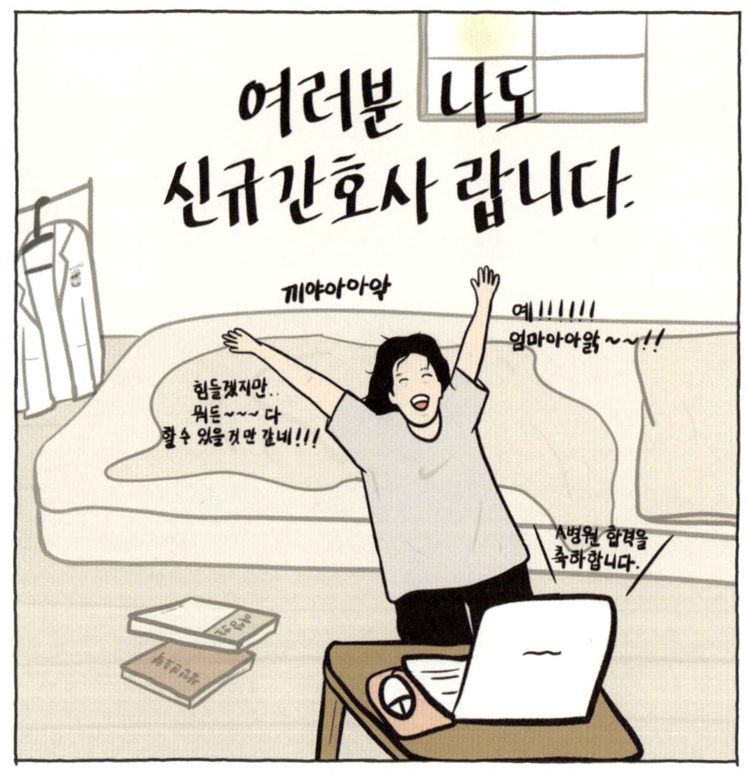
여러분 나도
신규간호사 랍니다.
끼야아아악
예!!!!!!
엄마아아앍~~!!
힘들겠지만..
뭐든~~~ 다
할수 있을것만 같네!!!
A병원 합격을
축하합니다.

거봐요. 제가 잘될 거라고 말했죠.
고생 끝에 낙이 옵니다.

누구보다 마음 졸였을 테니
잠깐이라도 그 기쁨을 만끽해보세요.
(하지만 지금부터가 진정한
고생의 시작이라는 건 안 비밀.)

학생의 꽃, 국가고시

'학생의 꽃 국가고시'
체력은 바닥났고
마음은 불안하고
아는건 하나없고
이제난 어떡하고
하지만 포기않고
무조건 합격고고
괜찮아,
누가 일주일이
진짜 시작이랬어!
타타타타타타탓
국시대학교
나 합격

체력은 바닥났고
마음은 불안하고
아는건 하나 없고
이제난 어떡하고
하지만 포기 않고
무조건 합격 고고

가장 늦었다
생각할 때가
가장 빠른 때.

두 번 말 안 합니다.
한 번에 합격입니다.

야! 너두 합격할 수 있어!
간호사 국가고시 100% 합격!!
나는 할수있다!
(화이팅!)
꼭! 붙을거야!
합격중학교
힘내!
끝까지 화이팅
터벅
터벅

'과락하면 어떡하지….'
'어렵게 나오면 안 되는데….'
'왜 점수가 오르질 않는 걸까….'

끝까지 최선을 다했지만
끝까지 불안했던 기억들.
끝까지 포기하지 않으면
결국엔 모두 '합격'입니다.

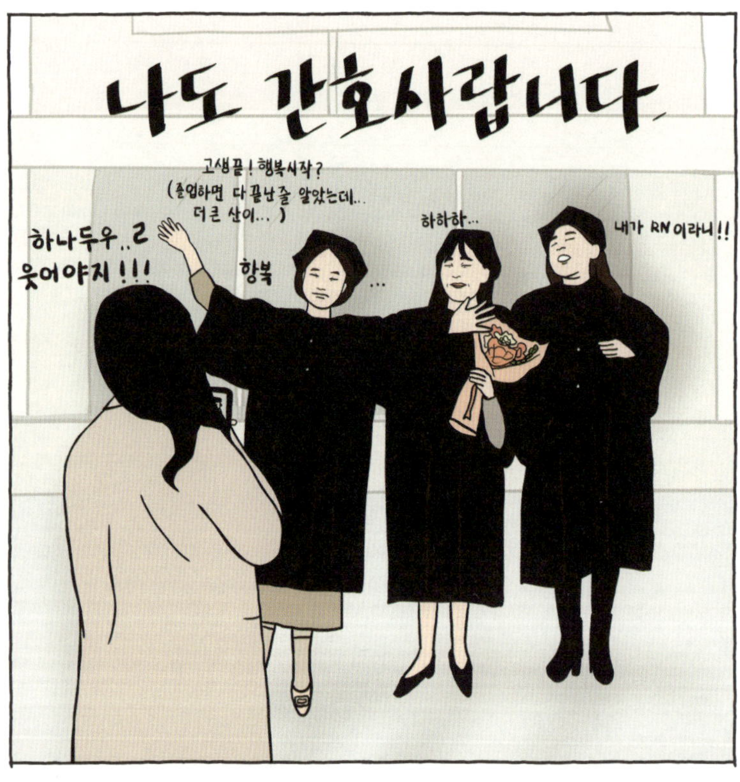
나도 간호사랍니다
고생끝! 행복시작?
(졸업하면 다 끝난줄 알았는데...
더 큰 산이...)
하하하...
내가 RN 이라니!!
하나두우..ㄹ
웃어야지!!!
항복
...

#수고했어_그동안 #졸업 #축하합니다
#이제간호사 #고생끝 #더고생시작(?)

'수고했어, 그동안.'

간호학과를 졸업하는 모든 분들에게 "어느 병원 취직했어?",
"병원 가는 기분이 어때?", "공무원 준비해?"가 아니라
이번만큼은 "수고했어."라고 말하고 싶습니다.

간호학, 전공, 과제, 실습, 케이스, 의학용어, 조별과제, 취업 준비 등
말 안 해도 알 만큼 열심히 하셨을 모든 간호 학생 여러분,
정말 수고 많으셨습니다!

RN아 반갑다!

간호사
간호사 면허증
간 명 나응정
생년월일
주 소
「의료법 시행령, 제5조에 따라
위와 같이 면허증을
보건복지부장관
엄마아아악
1,000 시간의 실습!
학점에, 토익에....
케이스 스티디...
취업준비...
내가 이 많은 것을
해내다니!
학생간호사
탈출이네~
축하해
고생했다.
RN아! 반갑다!

해부학, 약리학, 병리학,

기본 간호학, 성인 간호학,

1000시간 실습, 의학용어 시험,

케이스 스터디, 자격증, 토익,

취업 준비, 면접, 국가고시

…

눈물과 함께 주마등처럼 스쳐 지나가는 학생 시절.

이 면허증 한 장을 받기 위해 흘렸던 땀과 눈물.

나도 이제 진짜 간호사다!!

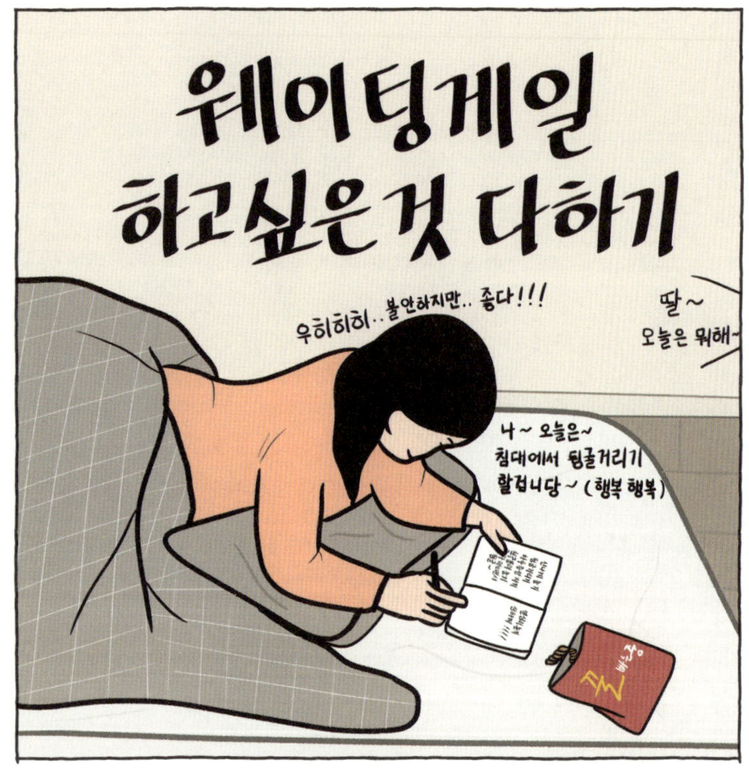
웨이팅게일
하고싶은것 다하기
우히히히.. 불안하지만.. 좋다!!!
딸~
오늘은 뭐해~
나~ 오늘은~
침대에서 뒹굴거리기
할겁니당~ (행복 행복)

‘Waitingale’
병원 입사 전 발령 대기 중인 간호사.

간호사가 되면 다신 오지 않을
웨이팅게일 시절.

이 시간만큼이라도
‘나’를 위해 최선을 다하는 시간 보내면 어떨까요.

인생에 또다시 이런 기간이 온다면
진짜 하고 싶은 거 다 할 거 같습니다.

불안함 반, 설렘 반이겠지만
의미 있고 행복한 시간 보내세요.

터져버린 치마, 터져버린 웃음

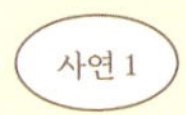

때는 바야흐로 7월 상반기 면접 시즌이었죠. 평소 치마를 잘 안 입는 스타일이라 면접(치마)정장을 입으려고 하니 상당히 부담스럽더군요. 그럼에도 불구하고 면접을 보기 위해 딱 맞는 치마를 입고 면접 장소로 갔습니다.

안 그래도 긴장되고 머릿속은 복잡한데 배는 또 고프고 날씨는 덥고 시간은 남아 눈에 보이는 편의점에 들어갔습니다. 그러지 말았어야 했습니다.

긴장한 탓에 1시간 30분이나 일찍 와버린 저는 편의점에서 도시락과 물을 사서 먹었습니다. 먹다 보니 라면이 먹고 싶어서 라면까지 하나 먹었습니다. 그러지 말았어야 했습니다.

배가 불러 치마 지퍼를 살짝 풀었고 포만감에 기분 좋게 면접 질문을 보며 시간을 보내다가 50분 전에 면접 장소로 가기 위해 자리에서 일어났습니다.

여간 배가 부른 게 아니었습니다. 그렇지만 포만감이 주는 기쁨이 더 큰 나머지 배부름을 잊어버렸습니다. 면접 대기실에서 기다리다 면접 장소에 조원들과 들어가게 되었습니다.

사건 사고는 늘 생각지도 못한 순간에 일어나죠. 조원들과 함께 준비한 인사를 면접관님들께 하는 순간 제 치마 지퍼 부분이 터져버렸습니다.

저의 불안한 눈빛과 그런 저를 지켜보는 면접관님들의 시선이 느껴졌습니다. 그건 아마도 서로 텔레파시가 통해서였을까요. 저도 잘 모르겠어요. 면접 내내 무슨 말을 했는지 기억도 잘 안 납니다.

마지막으로 면접관님이 하고 싶은 말 없냐기에 '치마가 터졌어요.'라는 말이 하고 싶어 입이 근질거렸지만 그냥 호탕하게 웃고 말았네요.

면접관님들이 "참으로 밝으시네요."라고 좋게 얘기해주셨는데 그때 제 등 뒤에선 땀이 흐르고 있었다죠.

터져버린 치마 그리고 헛웃음 덕분인지 다행히 그 병원에 최종 합격했습니다.

웃으며 보기로 했는데, 다시는 볼 수가 없네

국가고시를 준비하던 가을쯤이었습니다.

실습 첫째 주 금요일이었던 것 같습니다. 저는 여느 때와 같이 한 선생님을 졸졸 따라다니면서 간호중재도 보고 기타 업무를 하며 시간을 보내고 있었습니다. 그때 한 환자의 보호자분께서 "아이고, 지겹겠다. 일로 와봐라!" 하셨습니다. 저는 무심결에 보호자님이 계신 곳으로 갔고, 보호자님 근처에는 남편으로 보이는 70대 환자분이 O_2마스크를 낀 채로 저를 바라보고 있었습니다. 보호자님은 제가 간호 학생인 것을 알고 "많이 지루하제? 곧 간호사 되면 눈코 뜰 새 없이 바쁠 거다. 많이 배우고 내 남편 같은 환자들 잘 돌봐줘라잉~" 하시며 제 손을 잡고 격려해주셨습니다.

저는 "제가 잘할 수 있을지 모르겠지만 힘내볼게요!"라고 말씀드렸고, 보호자분은 "그래, 우리 남편도 여기 올 때보다 의식도 많이 좋아지고 건강도 회복돼서 오늘 병동 올라간다!" 하시며 맑은 미소를 보여주셨습니다. 그렇게 몇 시간 뒤 노부부는 같이 병동으로 전실 갈 채비를 하셨고, 저는 그들이 건강하고 행복했으면 하는 마음이었고, 잠시 동안 간호 학생인 저의 마음을 어루만져준 보호자님이 너무 감사해서 전실 갈 때 꼭 건강하셨으면 좋겠다고 말한 뒤 웃음을 보였습니다. 정말 그렇게 될 줄 알았거든요.

2주차 금요일, 저는 깜짝 놀랐습니다. 응급실에서 보호자님을 만났거든요. 할아버지는 병동 전실을 간 후 상태가 호전되어 퇴원하셨다가 갑자기 상태가 다시 악화되어 응급실에 오셨습니다. 담당의에게 마음의 준비를 하라는 말씀을 들으셨다고 합니다. 1주차 때 평화롭고 인자한 미소를 지으시던 보호자분은 제 손을 잡고 펑펑 우셨고, 마음의 준비를 하신

듯 "이 사람이 더 힘들 거다. 난 안 울려고 했는데, 학생 보니까 저번 주에 괜찮았던 남편 모습이 떠올라서 계속 눈물이 나네."라고 하셨습니다. 할아버지는 그 당시 O₂마스크를 쓰고 계셨고, 의식이 떨어지고 있었습니다. 지속적인 기침으로 고통스러워하시고, 더우신지 계속 헉헉대셨습니다. 저 또한 많이 슬펐고, 보호자님께 따뜻한 말을 해드리고 싶었지만 괜한 동정의 표현이 될까 봐 말을 아끼고 손을 잡아드렸습니다. 속마음으로는 '기적이 한번 일어나길' 바라면서요.

그렇게 응급실 실습이 끝나고 다른 파트 실습 중에 병원에서 보호자님이 저를 보시고 인사를 하였습니다. 손녀들과 함께요! 저는 "어떻게 여기서 보네요?" 하며 반가워했고, 보호자님의 얼굴엔 살짝 씁쓸한 표정이 지나갔지만 이내 웃으면서 "사실 학생 가고 얼마 안돼서 남편 좋은 곳으로 갔다. 이제 병원에서 처리해야 되는 업무들 마무리 짓는다고 오늘 마지막으로 손녀들이랑 왔는데 학생 보니까 참 좋다!" 하시며 손을 잡아주셨습니다. 저는 괜히 보호자님 눈을 못 볼 것 같아 이리저리 시선을 옮겨 다니며 "아…" 하고 탄식하였고, 보호자님은 괜찮다며 2주간 고마웠다고 잘 지내라고 인사하시고 가셨습니다.

짧은 응급실 실습이었지만, 보호자님과 나눈 웃음과 눈물은 아마 잊지 못할 것 같습니다. 이 글을 보시면 '아직 그 간호 학생이 날 기억하고 있구나.' 생각해주셨으면 좋겠습니다. 보호자분, 항상 힘내셨으면 좋겠어요. 다음에는 병원 말고 다른 곳에서 좋은 소식으로 한 번 더 우연히 뵈었으면 좋겠어요!

지각인 줄 알았는데 저녁이라 천만다행

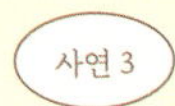

늦가을의 저녁 6시와 아침 6시의 비슷한 어둠함에 인생의 절망을 느꼈던 적이 있으신가요?

안녕하세요! 저는 현재 간호학과 4학년에 재학 중인 학생입니다.

4학년 2학기의 첫 실습날이었습니다. 그날의 실습 듀티는 데이였고, 전날에 11시까지 아르바이트를 하고 온 저는 죽은 듯 깊은 잠에 빠져버려 다음날 아침 실습지에 도착해야 할 시간에 잠에서 깨어버린 것입니다. 순간 10초 정도 뇌가 정지된 듯했고 도착해야 할 시간과 나가야 할 시간, 일어나야 할 시간이 몇 시인지를 생각하다가 절규를 하였습니다.

그렇게 세수도 못한 채 옷만 갈아입고 실습복을 쑤셔 넣듯 챙긴 후 택시를 부르려고 콜센터에 전화를 걸었지만 주변에 차가 없다며 끊어버려서 크게 당황스러움을 느꼈습니다. 얼른 버스라도 타자 싶어서 버스정류장에 갔더니 다행히 버스가 바로 왔고, 안도의 한숨을 쉬며 교통카드를 찾는데 웬걸 교통카드까지 없는 것이었습니다. 다음 정류장에서 내릴 수밖에 없었고, 겨우 택시를 잡아탔더니 정말 미칠 노릇인 것이 출근 시간대라 도로까지 막힐 대로 막히는 것입니다.

시간은 점점 늦어졌고, 저는 점점 더 초조해졌습니다. 안 좋은 일이 연속으로 벌어지는 머피의 법칙처럼 그날은 엎친 데 덮친 격으로 자꾸 안좋은 일들만 벌어지는 것 같았습니다. 실습복을 챙겨 입는데 양말과 가운까지 챙겨오지 않았더군요. 진짜 한숨이 나왔습니다. 실습지에 도착을 해서 지각으로 인해 수간호사 선생님께 크게 혼이 났고 4학년이라 마지막에 취업까지 했다고 대충하는 것이 아니냐는 오해를 낳기도 했는데 저는 그게 너무 속상했습니다.

하지만 그렇게 보일 수밖에 없는 것이 당연하다는 걸 알았기에 내가 더 열심히 해야겠다는 생각을 가졌습니다. 그런데 양말까지 걸려서 또 혼이 나고 정말 하나부터 끝까지 너무 안 풀리는 하루라는 생각이 들었습니다. 그래도 늦은 만큼 더 열심히 해야겠다는 생각에 열심히 실습에 임하고 점심시간이 되어 신나게 탈의실에 가서 친구랑 인사를 하는데 그 친구가 이해가 되지 않는 말을 하였습니다. 제가 없어져서 다른 친구가 저의 집에 찾아가 저를 찾고 있다고 말입니다.

그래서 무슨 일인가 싶어 휴대폰을 보는데 그 친구 외에도 다른 부재중전화가 엄청 많이 와 있었습니다. 무슨 일인지 의아했고 부모님께 다시 전화를 걸어보니 엄마가 매우 걱정되는 목소리로 "정아!!! 괜찮나?? 어디고!" 하시는 겁니다. 알고 보니 제가 미리 지각할 것 같다는 연락을 하지 않아서 수간호사 선생님께서는 교수님께 학생이 안 온다고 했다고 연락을 했고, 그 후 바로 실습지에 도착한 저는 교수님의 연락을 받지 못한 상태로 실습에 임하였던 것입니다 그동안 학과 사무실, 담당 교수님 그리고 부모님과 친구에게까지 제가 없어졌다는 식의 연락만 닿으면서 부모님은 일을 하다 말고 나와서 저를 찾고 이브닝 근무였던 친구도 제 자취방에 와서 문을 두드리며 저를 찾고 모두에게 걱정을 끼친 것이었습니다.

조그만 잘못일 뿐이라 생각했던 지각 하나에 이렇게 큰일이 벌어질 줄 몰랐던 저는 그 사실을 알고 죄책감과 큰 잘못을 저지른 것 같은 무서움에 얼마나 오열하며 울었는지 모릅니다.

그런데 중요한 것은 그 다음날이었습니다. 또 제가 6시 30분인 데이 출근 20분 전에 기상을 한 것입니다. 진짜 저는 오만 생각이 다 들었습니다. '이대로 난 간호사를 포기해야 할까. 자퇴를 해야 하나. 이제 모두들 나를 믿지 못할 거야. 난 망했어.' 자책이란 자책은 다 하면서 '일단은 가야지.' 싶어서 울먹거리며 바로 뛰쳐나가려던 찰나 뭔가 이상하다는 느낌을 받았습니다. 밖의 어두움은 새벽 6시 30분의 느낌이었지만 떠들썩함은 그 새벽의 느낌이 아니었습니다. 뭔가 이상해서 다시 휴대폰을 켜서 시간을 확인해보니 저녁 6시 30분었습니다. 오늘 데이 실습을 마치고 집에 도착해서 너무 피곤한 나머지 바로 잠들었던 것이 떠올랐습니다.

안도의 한숨과 함께 다리가 풀렸고 침대에 그대로 털썩 누워버렸습니다. 얼마나 놀랐던지 이틀 전 사건으로 그만큼 정신적 스트레스를 받고도 정신 못 차리고 또 잠이 오나 싶어서 정말 저의 무책임함에 실망에 실망을 하고 자책에 절망감까지 느낀 날이었습니다.

이 사건을 계기로 지각은 절대 하지 않을 것이라는 저의 단호한 규칙이 생겼고, 만약 무슨 일이 생기더라도 연락이 중요하다는 것을 깨달았습니다.

부르지도 않았는데
몸이 먼저 반응하네

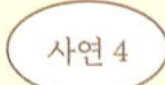

안녕하세요! 저는 한창 임상실습 중인 3학년 학생 간호사입니다.

올해 여름방학, 할머니가 아프셔서 병원에 입원을 하셨어요. "너는 간호대 3학년이니까."라는 가족들의 강한 추천으로 저는 할머니의 입원기간 동안 할머니 옆에 있게 되었답니다.

항상 학생 간호사로서 병원에 있었는데, 환자의 보호자로 병원에 있으니 느낌이 색달랐어요. 하지만 이 실습 본능은 어쩔 수가 없는지 이 병원에서는 선생님이 라운딩 때 뭘 하시는지, 환자 수술 전후 처치로 어떤 걸 하는지, 저희 할머니에게는 어떤 처치가 들어가는지 등등 이런 게 자꾸 눈에 들어오더라고요.

그리고 할머니가 계신 병원이 저희 지역에서 가장 크고 오래된 로컬 병원이라 방학인데도 학생 간호사분들이 실습을 하러 많이 오셨어요. 제가 있던 병동에도 학생 간호사분들이 계셨습니다.

그러던 어느 날, 보호자 침대에 앉아서 핸드폰을 보고 있었는데 병실 밖 복도에서 "학생 선생님!!!" 하고 외치는 간호사 선생님의 목소리가 들렸어요.

어떤 이야기가 이어질지 아시겠나요.

저도 모르게 "네!!!!!!" 하면서 자리에서 벌떡 일어났어요. 제가 갑자기 대답하면서 일어나니까 병실에 계신 분들이 무슨 일이냐는 듯이 저를 쳐다보셨어요. 그때만 생각하면 아직도 부끄러워요.

실습할 때 선생님이 부르시면 항상 "네!!" 하면서 달려갔었는데, 제가
대답을 너무 열심히 했나 봐요. 파블로프의 개처럼 이젠 학생 간호사 신
분이 아닐 때에도 대답이 자동으로 막 나오네요.

그 누가 나에게 '꿀실습'이라 하였는가

안녕하십니까! 재학 중인 4학년 학생입니다. 때는 3학년 2학기, 2학기 첫 실습을 부천에 있는 한 대학병원 분만실로 나갔습니다. 실습에 나가기 전 OT시간에 교수님께서 "대학병원 분만실에서는 산모들이 아기를 낳는 경우가 많이 없어서 분만을 못 볼 수도 있어. 보통은 고위험 산모 EMR을 보고 케이스를 잡을 거야. 대학병원에서 분만 한 번 보면 정~말 잘 본거고 무조건 그 분만을 케이스로 잡아야 해. 그리고 두 번 보면 나라를 구한 거다~" 하시며 그만큼 분만을 보기 힘들다고 우스갯소리로 말씀하셨습니다.

하.지.만 제가 실습 나간 첫날, 분만을 대기하고 있는 산모 다섯 분이 계시더군요. 제 듀티 때 두 명의 신생아가 출생을 하였습니다. 저는 대학병원 분만실은 '꿀실습'이라는 거짓(?)정보만을 믿고 압박스타킹도 안 신고 밑창이 딱딱한 삼선슬리퍼(분만실은 특수복을 입으며 슬리퍼를 신고 실습을 하더라고요)를 신은 채 하루 종일 스페셜 바이탈만 했습니다. 분만실 스페셜 바이탈은 5분마다 4번, 15분마다 4번, 30분마다 2번, 1시간마다 2번을 하더라고요. 그 다음날에도 분만을 또 봤습니다.

그렇게 2주간의 분만실 실습이 끝나고 그 다음으로 지역실습을 나갔습니다. 보건소로 나갔기 때문에 마찬가지로 '꿀실습'이라는 정보를 입수하고 실습을 나갔지요. 하지만 역시 제 사주엔 일복이 넘쳐나는 것 같습니다. 하필 10월 독감 예방접종 기간과 겹쳐서 보건소로 오시는 어르신들, 국가유공자들 체온 측정해드리고 눈과 귀가 어두우신 분들이나 외국인들 예방접종 사전 진단표를 목이 쉬도록 되묻고 되물으며 대신 작성해드렸습니다. 네, 마찬가지로 단 한 번도 앉지 못하였지요.

　　저에겐 누구에게나 한 번쯤은 있다는 '꿀' 같은 실습은 없나 봅니다. 그 누가, 어느 누가 분만실과 보건소를 꿀실습이라고 하였나요. 하하. 웃프지만 그래도 실습하면서 천사 같은 RN선생님들과 보건소 선생님들께 많은걸 배우게 되어서 행복하고 좋았습니다.

본 사연은 간호학과 학생 대표 단체인 '대한간호대학학생협회(간대협)'와 협력하여 전국 간호학과 학생의 사연을 접수받아 제작되었습니다.

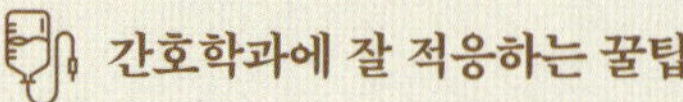

간호학과에 잘 적응하는 꿀팁

앞쪽 자리에 앉아 수업 열심히 듣기

공부를 그렇게 많이 안 하는 것 같은데 간호학과에서 공부를 잘하는 친구들을 보면 대부분 앞자리에 앉아서 졸지 않고 수업을 듣는 친구들이다. 간호학과의 특성상 수업 시간에 말하지 않은 건 거의 시험에 나오지 않기 때문에 교수님들이 강조하는 것을 절대 놓치면 안 된다. 새벽까지 공부하고 수업 시간에 졸면서 공부하게 되면 결국 교수님이 말씀하신 내용에서 나오는 어려운 문제들은 결코 맞출 수가 없으니 되도록 앞자리에서 졸지 않고 수업을 열심히 듣자.

교수님과 면담하기

대부분의 학생들이 교수님 찾아뵙는 걸 어려워한다. 의외로 교수님이 정기적으로 하는 면담 이외에 따로 교수님을 찾아가는 학생들이 많지 않다. 하지만 생각보다 교수님들은 먼저 적극적으로 찾아와 물어보고 면담을 요청하는 학생들을 눈여겨본다. 다양한 진로에 대한 정보나 학교 내 특별 장학금 같은 부분들도 교수님과 직접 일대일로 이야기하지 않으면 모르고 넘어갈 수도 있다. 궁금한 게 있거나 진로에 대해서 막막하다면 정중히 교수님께 말씀드리고 면담을 요청해라. 무엇이라도 하나는 얻고 돌아갈 것이다.

자신이 왜 간호사가 되고 싶은지 깊게 생각해보기

간호학과를 다니면서 많은 친구들과 이야기하다 보면 자신이 왜 간호학과에 왔는지, 간호학과를 나와서 뭘 하고 싶은지에 대한 뚜렷한 생각을 가진 친구들을 만나기 쉽지 않다. 보통은 "부모님이나 주변 사람들의 권유, 성적에 맞춰서, 취업이 잘 되니까."와 같은 답변들이 가장 많은 비중을 차지한다. 그렇게 간호학과에 다니는 목적이나 이유가 없다 보니 공부나 실습을 하는 데도 의미를 발견하지 못한다. 성적도 중요하고, 주변 사람들의 기대도 중요하지만 결국 자신의 삶은 자신의 것이다. 왜 간호사가 되고 싶은지, 정말 내가 간호사가 되어야 하는지에 대한 질문을 해보고, 그렇다면 어떤 간호사가 되고 싶은지 한 번쯤은 깊게 생각해보고 목표의식을 가진다면 학교생활이 조금은 달라질 것이다.

공부를 잘하고 싶다면 공부 잘하는 친구와 친하게 지내기

만나는 사람이 바뀌면 인생이 바뀐다는 말이 있다. 재있는 친구들과 함께 다니면 어느새 자신도 모르게 재있는 사람이 되어 있다. 노는 걸 좋아하는 친구들과 함께 다니면 정말 잘 놀 수가 있다. 게임을 좋아하는 친구들과 같이 다니면 어떨까. 물론 게임을 재미있게 잘하는 자신의 모습을 발견할 것이다. 그렇다면 본인이 정말 공부를 잘하고 싶은데 마음처럼 잘 되지 않을 땐 공부를 잘하는 친구와 친하게 지내는 방법이 꽤나 효과적이다. 물론 의도적으로 친해지고, 목적이 있어 접근하면 안 되겠지만 솔직하게 "나 지금 이러 이러한 상황인데 정말 공부 한번 잘해보고 싶어. 한 번만 도와주면 안 될까?"라고 말해보라. 진정성이 느껴지고, 그 친구에게 방해가 되지 않을 정도로 함께만 있어도 옆에서 그 친구의 공부법과 노력하는 모습에 자극을 받아 어느새 성적이 오르는 자신의 모습을 발견할 수 있을 것이다.

 # 실습 때 예쁨 받는 간호 학생 되기

적극적인 사람에게 떡 하나 더 준다

간호사로 일하다 보면 유난히 눈에 띄는 실습생들이 있다. 다른 학생들은 실습을 할 때 질문을 하거나 간호사 선생님들이 간호 행위를 하더라도 가만히 있는 경우가 많지만 눈에 띄는 학생은 달라도 뭔가 다르다. 간호 행위를 할 때 유심히 지켜보다가 사소한 질문부터 예리한 질문까지 관심이 없으면 할 수 없는 질문을 한다. 그리고 새로운 간호 행위나 중요한 업무를 할 때 꼭 따라와서 옆에서 지켜보거나 뭐가 필요한 건 없는지 물어보면서 적극적인 자세로 임한다. 이런 실습생들에게는 기특해서라도 한 가지 더 알려주려고 하고, 그러한 사실을 주변 동료 선생님들이나 수간호사 선생님께 말하게 된다. 그렇게 되면 실습 점수에도 당연히 좋은 영향을 끼칠 수 있으니 실습은 적극적인 자세로 임하자.

솔선수범하는 실습생이 예쁨 받는다

실습할 때 간호 행위 관찰하기, 활력징후 측정하기, 혈당 측정하기, 시트 갈기 등 다양한 업무를 하게 된다. 이 외에도 가끔 간호사 선생님들께서 추가적으로 부탁하기도 한다. 예를 들면 상태가 안 좋은 환자의 활력징후를 측정한다든지, 검체를 운반해야 하는 상황이 생길 때 특정 실습생을 지목하기 애매하면 "이거 좀 해줄 선생님 계실까요?"라고 할 때가 있다. 그럴 때 솔선수범해서 "제가 하겠습니다."라고 말한다면 그 실습생을 다르게 보기 시작한다. 한 번, 두 번 그러한 모습들이 보이면 어느새 열심히 한다고 소문이 나고 좋은 평가를 받을 확률이 높아진다.

관찰을 할 거면 신규 간호사가 아닌 3~7년차 선생님을 따라다니는 게 좋다

위의 내용을 보고 적극적인 실습생이 예쁨 받는다고 아무 선생님이나 다 따라다니면 안 된다. 신규 간호사들은 생각보다 아직은 업무에 서툴고, 자신이 없기 때문에 누군가가 자신을 따라다니는 것이 부담스러울 수 있다. 하지만 신규 간호사를 따라다니기가 그렇다고 해서 10년차 이상 선생님을 따라다니는 것도 추천하지 않는다. 워낙 베테랑이고, 자신만의 일을 빠르게 처리하고 실제 액팅보다는 차팅을 많이 하다 보니 다른 많은 일 때문에 신경을 많이 못 써줄 수도 있다. 그렇다면 누구에게 배우는 게 좋을까. 우선 실습을 가서 실습 교육 간호사 선생님이 있는지 찾아보고, 없다면 3~7년차 선생님들을 따라다니면서 질문도 적극적으로 하고, 배우는 걸 추천한다. 가장 손이 빠르고 프리셉터 역할을 하니 어느 정도 최신 업무에 대한 지식도 갖추고 있어 가장 잘 알려줄 수 있다.

감사했던 선생님이 있다면 작게나마 마음을 표시하기

실습을 하다 보면 천사 같은 간호사 선생님들이 계신다. 정말 꼼꼼하게 잘 알려주고, 어려워하는 부분에 대해서 친절하게 설명해주는 선생님이 한두 명씩은 꼭 있다. 많은 도움을 받았다면 작은 과자와 함께 포스트잇에 감사의 손글씨를 쓰는 것처럼 자신의 정성을 보여주는 것도 예쁨 받는 실습생이 될 수 있는 길이다. 실습이 끝나고 보통 평가가 이루어지기 때문에 마무리를 잘하는 것도 굉장히 중요하다. 혹시 모르지 않나. 내가 이 부서에 발령이 나게 되어 다음엔 선배 간호사로 만나게 될지.

병원 선택 시 고려할 기준

간호학과의 꽃은 취업이다. 어느 병원, 어느 직장에 취업하는 것이 좋을지에 대한 4년 동안의 고군분투가 펼쳐진다. 그렇다면 우리 인생의 방향을 결정할 수도 있고 평생직장이 될 수도 있는 병원을 고를 때 어떤 걸 고려해야 할까. 도대체 기준이 무엇일까. 더나은협회 회장이자, 인제대학교 정신간호학 한동수 외래 교수의 강의 중 인상 깊었던 내용을 소개한다.

돈(money)&복지(welfare)

상상을 해보면 좋겠다. 신규 간호사로 입사를 해서 독립을 하고 유달리 그날따라 환자도 많고, 일도 많고, 선배 간호사 선생님들께 많이 혼나고, 자존감이 바닥이여서 당장이라도 그만둘 것처럼 울면서 집에 돌아갔다. 30분 뒤, '딩동~' 문자를 확인해보니 월급이 딱 들어와 있는 걸 보고 울음이 싹 그치고, '그래 이 정도 월급이라면 버틸 수 있어. 열심히 일해야지!'라고 생각하면 그 간호사는 '돈'이 병원을 선택할 때의 기준이 될 수도 있다. 사람마다 기준은 다르지만 이렇게 무언가 버틸 수 있는 원동력이 하나쯤은 꼭 필요하다.

관계(relationship)

사람은 관계의 동물이다. 지방에서 서울로 병원을 가거나 서울에서 지방으로 병원을 가게 되면 평생 살았던 터전을 뒤로한 채 낯선 곳으로 가야 한다. 특히 살면서 한 번도 자취를 해보지 않았거나 낯선 환경에서

사는 게 자신이 없다면 병원을 선택하는 기준이 '집에서 다닐 수 있는 병원'일 수 있다. 일도 힘들고 선후배 간의 관계도 굉장히 어렵기 때문에 본인이 가족도, 친구도 없는 낯선 곳에서 버틸 수 있는지에 대해서는 곰곰이 생각해봐야 한다.

전문성(expertise)

대학원을 가거나 교수가 되려면 임상경력이 최소 2년에서 3년 이상이 필요하다. 간호학에 대한 높은 뜻이 있거나 간호학과 교수가 되기 위해선 대학병원의 임상경력이 필요하기 때문에 전문성이 병원을 선택하는 기준이 될 수 있다. 자신의 꿈과 나아가고자 하는 비전에 필요한 경력이기에 어떠한 어려움이 있어도 '딱 3년만 버틴다!'와 같은 마음을 가질 수 있다. 꼭 학위를 따거나 교수가 되지 않아도 전문적인 지식을 쌓으면 나아갈 수 있는 길이 넓어지기 때문에 전문성이 필요하다면 대학병원이나 상급 종합병원에 가서 경력을 쌓는 게 좋다.

자부심(pride)&사명감(mission)

서울의 대형병원이나 대학병원급 이상을 들어가게 되면 부모님이나 주변 사람들이 자랑스러워한다. 병원 갈 일이 있으면 신규 간호사임에도 불구하고 잘 좀 봐달라는 부탁을 받기도 한다. 이럴 땐 좀 난감하긴 하지만 내심 좋은 병원에 다니면 자신도 자랑스럽고 만족스럽다. 또한 일에 대한 사명감을 가지고 있는 간호사들이 있다. 본인의 간호 행위를 통해 환자들이 회복되고, 나아질 때 보람을 느낀다면 그게 또 버틸 수 있는 원동력이다. 외적인 부분보다 내적인 부분에 동기를 느낀다면 병원을 선택할 때 프라이드나 사명감을 병원 선택의 기준으로 삼을 수 있다.

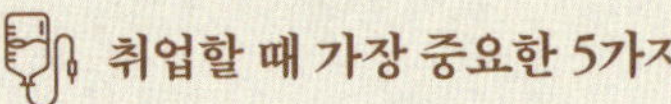

취업할 때 가장 중요한 5가지

학교 성적

어느 병원을 가려고 해도 꼭 한 가지 제출하는 서류가 바로 '성적표'이다. 행복은 성적순이 아니라고 하지만 취업은 성적이 큰 비중을 차지한다. 어느 병원은 학점이 3.0 이상을 넘지 못하면 원서조차 낼 수 없는 경우도 있다. 대형 병원들은 최소 학점이 명시되어 있는 경우가 많고 그 최소 학점보다는 당연히 더 높아야 합격될 확률이 조금이라도 올라간다. 한두 번은 괜찮지만 여러 번 학점을 소홀히 여기게 되면 만회하기 어려우니 학교 성적은 꼭 잘 받아두자.

토익

3학년이 되었고 원하는 병원이 생겨서 적당한 학점을 맞춰놨는데 불안하다면 외국어 성적이 최종 결과를 판가름할 확률이 높다. 학교 성적은 되돌릴 수 없지만 토익이나 텝스와 같은 외국어 성적이 높으면 언제든지 상황 역전이 가능하기 때문이다. 요즘엔 특히 학교 성적은 비교 기준이 모호하여 외국어 성적을 보는 병원들이 많이 생겨나고 있다. 끝날 때까지 끝난 게 아니다. 반전의 기회는 언제든 있으니 병원에서 요구하는 어학 종류 및 점수를 파악하여 그 점수보다 좀 여유롭게 성적을 받아둔다면 병원을 골라서 갈 수도 있다.

자격증

간호학과를 다니면 학교나 주변에서 취득하면 좋다고 하는 기본적인 자격증들이 있다. BLS provider(심폐소생술), 컴퓨터 관련 자격증, 병원 코디네이터, 호스피스 관련 활동 자격증 등과 같은 간호 업무나 임상 실무에 도움이 되는 자격증들은 있으면 좋다. 학교 성적이나 토익이 가장 중요하지만 그 이외에 경쟁력을 갖추려면 학교 프로그램으로 진행하는 자격증이나 필수 자격증들은 취득하는 걸 추천한다. 이력서를 쓸 때 한 줄을 더 쓸 수 있는 게 얼마나 감사한 일인지는 이력서를 쓰다 보면 잘 알 수 있다.

봉사활동&대외활동

강연회나 멘토링을 할 때 "병원에 취직을 하려면 봉사활동이나 대외활동이 꼭 필요하나요?"라는 질문을 많이 받는다. 그럴 때마다 항상 똑같이 "많지는 않아도 꾸준히 한두 개 이상은 하는 게 좋아요."라고 대답한다. 요즘 병원에서도 공부만 잘하는 학생을 선호하지는 않는다. 다양한 경험과 근면 성실하게 무언가를 꾸준히 할 수 있는 사람인지 평가한다. 대외활동을 통해 간호뿐만 아니라 다양한 활동을 하면 좋게 평가되기도 한다. 봉사활동은 하더라도 많은 기관에서 하는 것보다 한 기관에서 매달 한두 시간을 한다든지, 3개월에 한 번을 하더라도 3년 정도 한다든지 꾸준히 하는 걸 선호하는 편이다. 아무래도 요즘엔 사직률이 높기 때문에 무언가 진득하게 오래 하는 사람을 찾는 경향이 있다.

입사 전 웨이팅게일 기간 어떻게 보내야 할까

여행

간호학과를 졸업하고 입사하기 전 무엇을 가장 하고 싶냐는 질문을 던지면 열에 아홉은 '여행'을 말한다. 아무래도 간호학과 특성상 방학 때도 실습을 하고 워낙 방대한 양의 공부를 하다 보니 여행을 잘 가지 못하게 된다. 간호사가 되어도 근무 때문에 장기간 여행 가는 건 쉽지가 않기 때문에 웨이팅 기간에는 최대한 멀리, 오래 여행을 다녀오는 걸 추천한다. 동남아나 가까운 나라는 간호사로 근무하면서도 충분히 다녀올 수 있으니 유럽이나 미국, 캐나다 등 멀고 오랜 기간 머물 수 있는 나라에 가서 견문도 넓히고, 다양한 경험을 하고 오면 일을 하면서도 그때의 추억을 떠올리며 버틸 수 있는 힘이 된다.

운동

만화와 드라마 『미생』을 보면 체력에 대한 이야기가 나온다.

"네가 이루고 싶은 게 있다면 체력을 먼저 길러라. 네가 종종 후반에 무너지는 이유, 데미지를 입은 후에 회복이 더딘 이유, 실수한 후 복구가 더딘 이유, 다 체력의 한계 때문이야. 체력이 약하면 빨리 편안함을 찾게 되고, 그러면 인내심이 떨어지고 그리고 그 피로감을 견디지 못하면 승부 따위는 상관없는 지경에 이르지. 이기고 싶다면 네 고민을 충분히 견뎌줄 몸을 먼저 만들어. 정신력은 체력의 보호 없이는 구호밖에 안 돼."

간호사도 마찬가지다. 걷기, 헬스, 필라테스 등 어떤 운동이든 좋으니 입사 전 일을 하면서 무너지지 않도록 체력을 꼭 기르자.

공부

간호사 커뮤니티의 글을 보면 웨이팅 기간엔 무조건 놀라고 하는 경향이 있다. '어차피 가면 다 새롭게 배워야 하고, 지금 공부해봤자 소용없다.'라는 게 대세를 이룬다. 하지만 웨이팅 기간이 길어지면 길어질수록 '간호'에 대한 기초 및 필수 지식들은 공부해야 한다고 생각한다. 물론 가서 다시 배우겠지만 기본적인 검사 수치나 어느 병원에서든 통용되는 핵심 기술에 대해서 백지 상태로 입사하게 되면 뒤에서 분명 말이 나오기 마련이다. 요즘엔『프셉마음』이나『암또의 임상노트』와 같은 신규 간호사의 기준에서 하나부터 열까지 쉽게 알려주는 책들이 나와 그나마 공부하기가 편해졌다. 많이는 아니더라도 입사하기 전 기본적인 공부는 꼭 하고 들어가자.

안 하면 후회할 것 같은 경험 한 개 이상 꼭 하기

병원에 입사하게 되면 그만두기 전까지는 생각보다 내가 하고 싶은 걸 마음껏 하지 못한다. 누가 정해줄 수는 없겠지만 무언가 배운다든지 제주도에서 한 달을 살아본다든지 평소에 하고 싶었던 다른 분야의 일을 해보자. 열심히 공부만 하다가 못 해본 것들에 대한 경험을 하는 게 좋다. 특히 누구나 안 하면 후회할 거 같은 게 꼭 하나씩은 있다. 망설이면 어느덧 시간은 흘러 있고 입사 날짜는 코앞에 다가와 있다. 망설일 시간에 '일단 시작'하는 걸 추천한다. 웨이팅게일 시간이 직장, 결혼, 육아 걱정 없이 우리의 삶 가운데 가장 행복한 시간이 될 수도 있으니 말이다.

PART 3

신규 간호사 인계장

'인계장'
하던 일이나 물품을 넘겨주거나 넘겨받는 종이.
신규 간호사의
신규 간호사에 의한
신규 간호사를 위한
신규 간호사가 가져야 할 일과 인생에 대한 마음가짐을
전적으로 공감하며 인계합니다.

신규 간호사 프로필

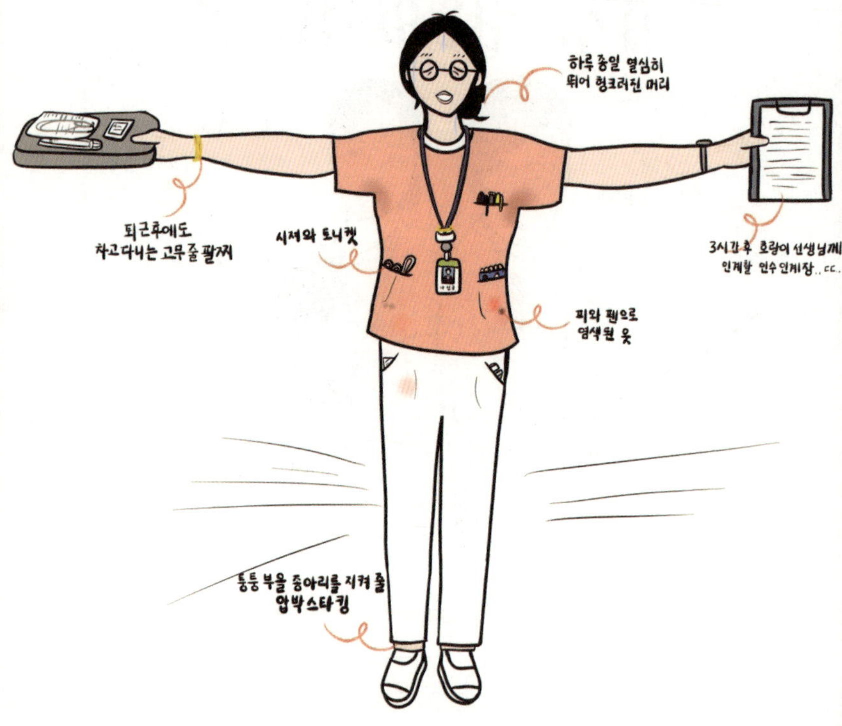

이름: 신규 간호사

특기: "아…" 또는 "죄송합니다." 말하기

취미: ABR(absolute bed rest) 침상 절대 안정

특징: 배우려는 의지와 잘하고 싶은 마음은 굴뚝 같으나 매번 실수하고, 혼나고, 어려운 게 많아 매사에 자신감이 없고, 주눅이 들어 있음. 학생 시절에도 많이 힘들었지만 그때가 천국이었다는 걸 다시 한 번 깨달으며 오늘도 눈물을 머금고 출근함.

소지품: 너덜거리는 스프링 수첩, 압박스타킹, 형형색색 형광펜, 펜라이트, 고무줄로 질끈 묶은 모나미 삼색볼펜, 테이프걸이, 사원증에 걸어둔 플라스타, 고무줄, 토니켓, 바짝 마른 입술, 텀블러 안에 몰래 담긴 아메리카노, 가위, 네임펜 때문에 물든 주머니, 지저분한 인계장, 표정 가리개 하얀 마스크, 곧 풀어질 머리 등.

신규 간호사의
첫 출근 첫 발걸음
ㄷㄷㄷ...
두근
두근
아자아자!!!
나는 잘 할수 있다!!!
스테이블!

새로 받은 유니폼을 입고
하이얀 새 간호화를 신고

두렵고 떨리지만 내딛는
새 직장으로의 첫걸음.

서툴고 부족해도 괜찮은
그 순간으로의 발걸음.

오늘도 하얗게 불태웠다

신규 간호사 교육기간에
업무 끝나고 카페에서 공부를 하다 보면

졸려서 잠을 자는 건지,
누워서 눈물을 흘리는 건지.

할 공부는 산더미인데,
외워야 할 건 아직 많은데
체력은 달리고, 힘들었던 기억들.

졸기만 하다 집에 돌아갔던 순간들.

독한 사람들 사이에서
립 (입) 지를 다지는 것
ㄸ
ㄸㄷ
신규야
꼬마병 뺐니?
드르륵
드르륵
여기
좀 와줘요
수액
다 들어갔어요

자유가 주어진다는 건
책임이 따른다는 것.

책임이 주어진다는 건
감당할 때가 됐다는 것.

자유와 책임 그 사이에서
잘 해낼 수 있길.

상사병, 상사,병

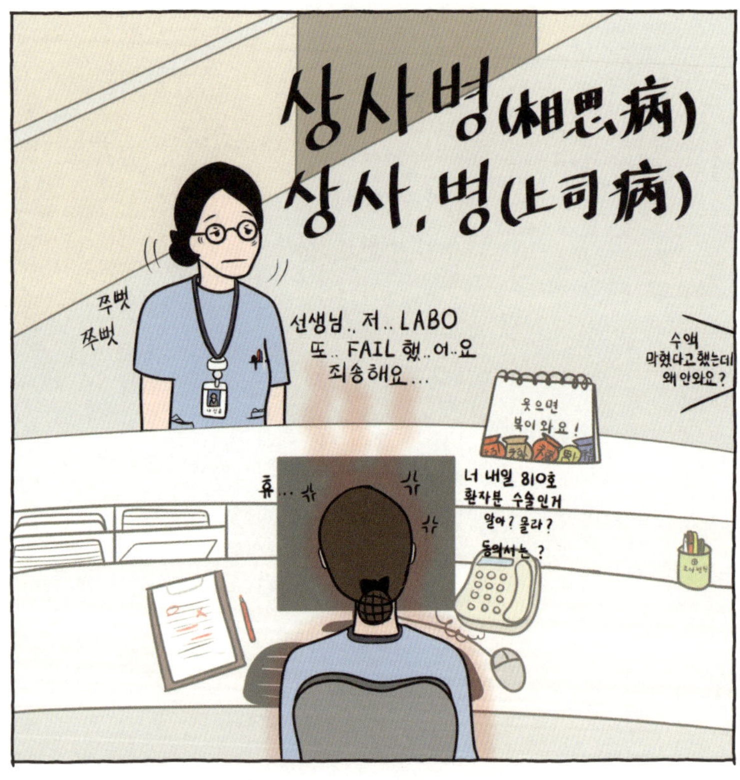

상사병(相思,病)
상사,병(上司 病)
쭈뼛
쭈뼛
선생님.. 저..LABO
또.. FAIL 했..어..요
죄송 해요...
수액
막혔다고 했는데
왜 안와요?
웃으면
복이 와요!
휴...
너 내일 810호
환자분 수술인거
알아? 몰라?
동의서는 ?

누군가 그리워 생기는 상사병과
직장에서 겪는 상사병은 묘하게 닮았다.

그 사람을 생각하면 가슴이 먹먹해지고
그 사람 옆에 서면 한없이 작아진다.

행동 하나하나에 지나치게 신경을 쓰게 되고
상대방의 말 한마디에 일희일비하게 된다.

이 떨리는 마음을 어떡해야 할까.

출근 전 증후군

출근 전 증후군
몰라.. 이상해..
머리도 어지럽고...
입맛이 없네..
어제까진.. 괜찮았는데...
아.. 이유를 알것같다...
으윽윽윽윽기
(아.. 내일 데이...구나..)
어디아파?
평소랑 다르네...
너가 좋아하는건데..
찰칵
찰칵

평소와 같은 상황인데 느낌이 다를 때가 있다.
좋은 공간, 좋은 음식, 좋은 사람과 함께인데
우울하고 괜스레 기분이 안 좋을 때 말이다.

애써 웃으려고 하지만 웃음이 나오질 않는다.
분위기를 전환하려 해도 분위기가 바뀌지 않는다.
그 이유가 뭔지 곰곰이 생각해봤다.

'아, 내일 출근이구나.'

우울증 환자 아닌데도 우울하고
심장약을 먹지 않는데 심계항진이 오고
위장관계 질환이 없는데도 속이 울렁거리면
'출근 전 증후군'을 의심해봐야 한다.

쌓여가는 폭풍 업무
깨져가는 유리멘탈
(입원환자, 병동안내!
810호 환자라인 체크,
ER Bed try...또...
뭐였더라..?
아. 네 ICU 확인
하겠습니다!
네 820호 환자
전실 이요!
뉴디짐 ast하고
20G라인 start해줘
저기요!
807호
알부민 하나만
달아줘!
820호 환자
전실!
ICU 환자 CVP
쟀어요?
11月

나는 누구?
여긴 어디?

도대체 난 한 번에
몇 개의 일을 하는 걸까.

쌓여가는 폭풍업무,
깨져가는 유리멘탈.

어느 환타스러운 날 환타에게 일어난 일1

할 일이 산더미이다.

정규 inject 및 fluid change는 지금 상태론 불가능이다.

설상가상, 차지쌤들의 폭풍 추가 오더가 내려온다.

"뉴디짐 AST하고 20G 라인 start해줘."

"OO님 알부민 하나만 달아줘."

"28호 환자 67호로 전실 좀 해줘."

"ICU에서 온 환자 CVP 쟀어?"

그렇게 난 정신없이 일들을 해나가지만

아직도 내 맘속엔 끝내지 못한 일들이 떠오른다.

'입원환자 병동 안내, 화면 받기',

'지참약 조회 및 처방', '환자 라인 막힘',

'포스트 OP labo 2명 실패함',

'ER bed try'가 남아 있는 상황에서

난 지금 어떡해야 할까. 땅으로 꺼져야 하나,
하늘로 솟아야 하나 온갖 생각이 다 든다.

그 와중에 ICU 기사님 등장.
"아이씨유 전동이요~!"

(ICU에서 올라오면 해야 할 수많은 care와 후속 조치들이 떠오른다.)

하루에 나는 몇 번 죄송할까?

분명 어제 배웠는데
분명 알 것만 같은데
왜 생각이 나지 않는 걸까.

이제는 "죄송합니다."
말도 하지 마라 하시는데
뭐라 대답을 해야 하는 걸까.

프리셉터와 프리셉티의 흔한 일상.jpg

(feat. 퇴근길 눈물)

신규 간호사들이여 적자생존이라

주머니에 메모장이 있긴 하지만
메모장을 꺼낼 시간조차 없을 때
바쁠 땐 누가 뭐래도 손등이 최고.

내 손이 메모장인지
메모장이 내 손인지.

p.s. 메모장 살 돈이 굳었으니
끝나고 치킨 사먹어야겠다.

버텨줘서 고마워, 내 다리야

#내다리내놔 #이브닝 #고생하셨습니다

내 다리가 오늘도 버텨줌에 감사.

압박스타킹이 찢어지지 않음에 감사.

출근할 때 입은 스니키진이 들어감에 감사.

퇴근 후 동기들과 치킨을 뜯을 수 있음에 감사.

근무 후에는 사소한 것들에 감사해진다.

대한민국 모든 간호사 선생님들 오늘도

이브닝 근무 하시느라 고생 많으셨습니다.

신규 때 받은 매뉴얼, 실제 근무 땐 리뉴얼

‘글쎄, 분명 배웠던 거 같은데.’

흰색은 종이요, 까만 건 글씨로다.

매뉴얼이라는 걸
받긴 받았는데

실제 상황엔 왜
리뉴얼 되는 걸까.

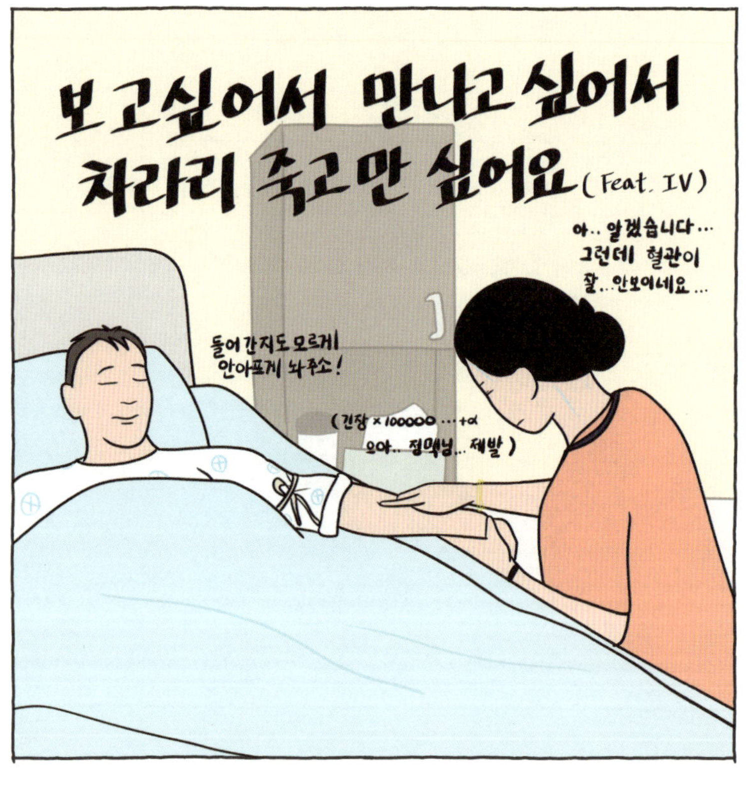
보고싶어서 만나고 싶어서
차라리 죽고만 싶어요 (Feat. IV)
아.. 알겠습니다...
그런데 혈관이
잘...안보이네요...
들어간지도 모르게
안아프게 놔주소!
(긴장 ×100000 ...+α
오아.. 정맥님... 제발)

#까만안경 #쓰지도않았는데
#어디갔니 #정맥아

혈관 찾기 어려운 분께
정맥주사를 놓을 때면
혈관이 없다며
환자 탓으로 돌리곤 한다.

그 와중에 안 아프게
한 번에 놔달라 하시면
노심초사 식은땀 흘려가며
혈관 찾아 삼만리.

헥헥, 8시간 만에 처음먹는 물
크하
고단한 생활에 단비같은 물~
나간호사 어디갔어?
(환자 I/O 챙기느라 내 I/O 못챙겼네..)
시트 갈아주세요

일을 하다 보면
'물이 이렇게 맛있었나?'
라는 생각을 하곤 한다.

환자 I/O 챙기느라
본인 I/O 못 챙기네.

간호사 선생님들
물도 좀 드셔가면서
건강 잘 챙기세요!

지금 내게 필요한 건? 그림자 분신술!

근무를 하다 보면
'몸이 열 개였으면 좋겠다.'라는
생각을 수없이 한다.

현실적으로 혼자서 오늘 주어진
갑작스러운 일들을
감당하는 게 어려울 때가 있다.

그림자 분신술을 하거나
인력이 보충되거나
둘 중 하나는 되어야 하지 않을까.

흩날리는 미스트에 마음까지 촉촉하네

\#리딩널스 \#간호사공감툰 \#안티미스트
\#맞지마세요 \#피부에양보하세요 \#이런Cefa

익숙하지 않지만 빨리 하려고 할 때,
Injec을 만들며 일어나는 대참사.

급한 마음, 느린 손의 콜라보레이션,
누구나 한 번쯤은 겪는 안티 미스트.

겪어 본 사람만이 안다는 그 촉촉함.
흩날리는 Anti에 마음까지 촉촉해.

에이씨!-Abdominal Circumference

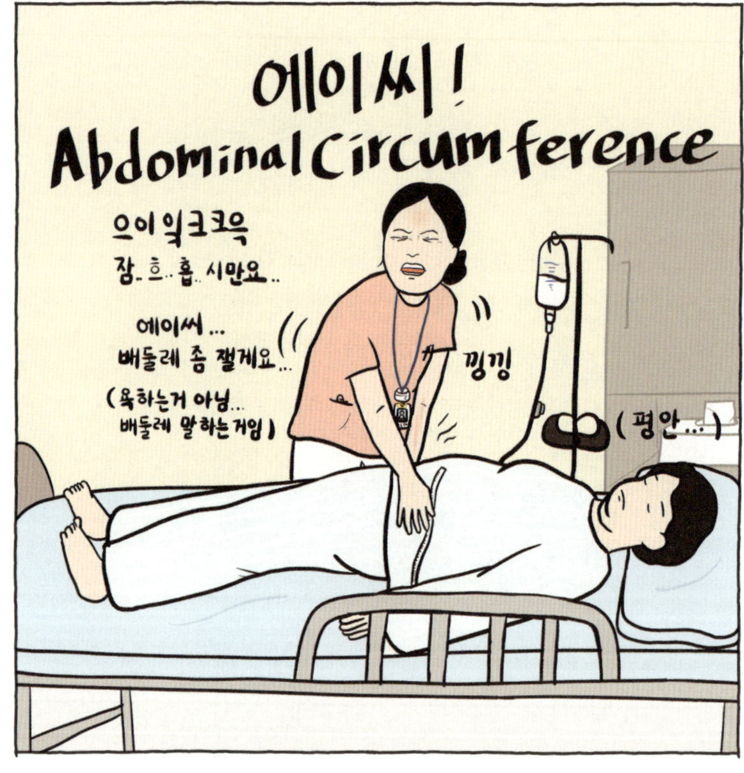

\#나이트근무 \#6am
\#복부둘레 \#낑낑

나이트 근무 중
누군가가 '에이씨!'라고 하면
화나서 욕하는 게 아니라

AC(Abdominal Circumference)
복부둘레 재는 거니 오해 없으시길.

Fluid Full Drop, 내 눈에선 눈물 Drop

라운딩 돌다가 온몸에 소름이 쫙 돋는 순간.

내일 아침까지 들어가야 할 Fluid가
다 들어간 채로 나오는 환자.
멀리서도 느껴지는 차지 선생님의 살기,
때마침 뒤에 주치의까지.

설상가상,
'저 환자 I/O 보는 환자인데.'
차라리 보지 말았으면 좋았을 것을.
안 본 눈 삽니다.

rounding 돌 땐 자나깨나 Fluid Rate 조심!
근데 가끔 환자나 보호자분이
마음대로 조정할 때도 있으니 확인 필수!

입원환자 받기

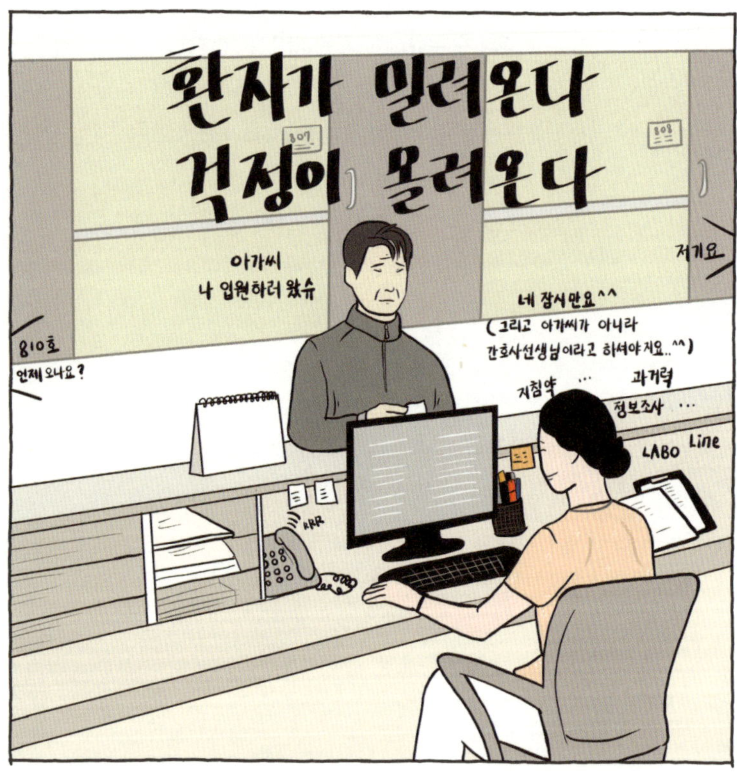

환자가 밀려온다
걱정이 몰려온다
807
808
아가씨
나 입원하러 왔슈
저기요
네 잠시만요^^
(그리고 아가씨가 아니라
간호사선생님 이라고 하셔야지요..^^)
810호
언제 오나요?
지침약 … 과거력
정보조사 …
ARR
LABO Line

이브닝의 꽃, 입원환자 받기.
자신 없는데, 몰려오는 환자.

한 명이 입원하면 해야 할 업무 생각에
티를 내진 않지만 두려워 눈물 흘리네.

환자분들 모두 아프지 마시고 건강하세요!
(절대 입원환자 받기 싫어서 그런 건 아니에요.)

p.s. 그리고 입원할 때 아가씨가 아니라
간호사 선생님이라고 해야지요.^^

환자의 건강=나의 기쁨

환자의 건강=나의 기쁨
'입원환자 받기의 꽃'이라고 할 수 있는
지참약 조회를 안 해서가 아니라
환자분이 건강해서 기쁜 거랍니다!

간혹가다가 분명 지참약 별로 없다고 해서
속으로 '할렐루야!'를 외쳤는데

갑자기 고혈압에 당뇨, 디스크,
우울증, 진통제, 항생제, 소화제 등등
난생처음 보는 약들을 가져다주실 때
느낌 아시죠? 근무 내내 지참약 조회각이니 주의!

p.s. 환자분들 부디 아프지 마시고,
꼭, 꼭! 건강하셔야 해요!
(절대 지참약 조회하기 어려워서가 아니에요! 제발요!)

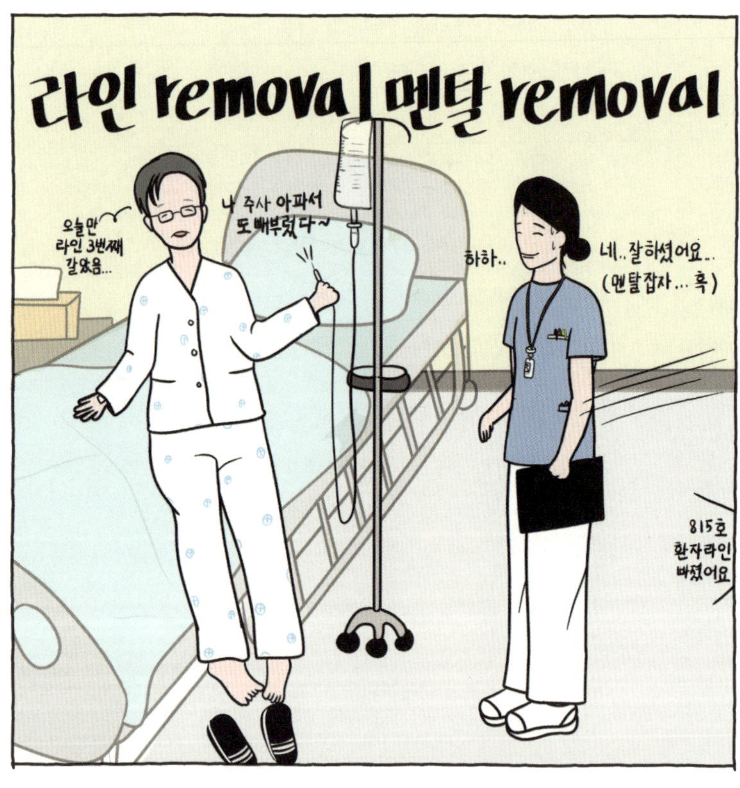
라인 removal 멘탈 removal
오늘만 라인 3번째 갈았음...
나 주사 아파서 또 빼부렀다~
하하..
네.. 잘하셨어요..
(멘탈잡자... 흑)
815호 환자라인 빠졌어요

라인 removal

멘탈 removal

왜 꼭 바쁠 때

라인이 아플까요.

왜 꼭 정신없을 때

라인이 빠질까요.

저는 정말 괜찮은데(?)

환자분 주사 또 맞으셔야 하니까

3일 동안 라인 잘 유지하기!

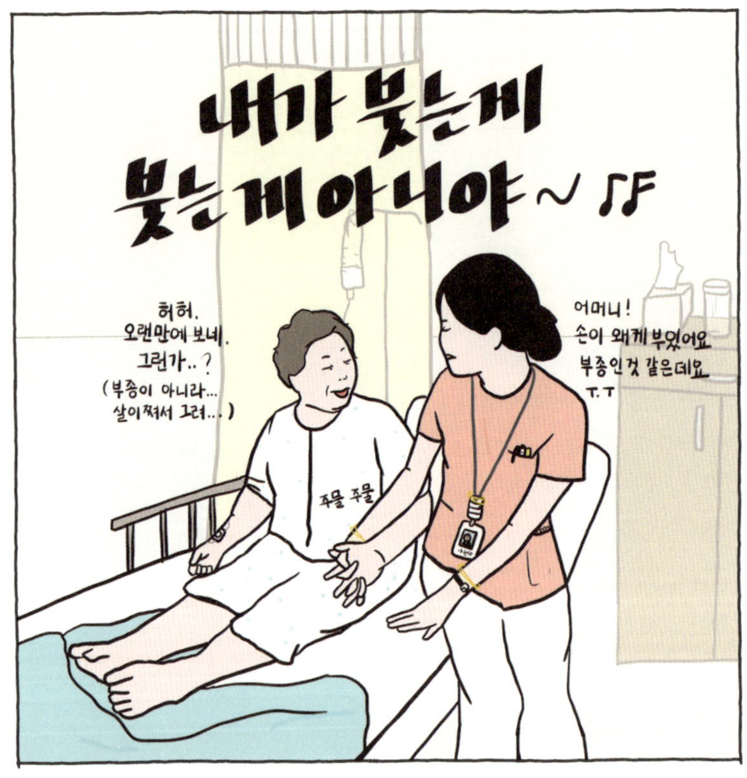

내가 붓는게
붓는게 아니야~ ♪♬
허허.
오랜만에 보네.
그런가..?
(부종이 아니라...
살이쪄서 그려...)
주물 주물
어머니!
손이 왜케 부었어요
부종인것 같은데요
T.T

#이것은_부종인가_살찐건가
#웃픈상황 #귀여운할머니

오랜만에 오신 환자분이
전체적으로 부어 있으셔서
수액 때문에 부종(edema)이 생긴 줄 알았는데
배시시 웃으며 살쪘다고 말씀하시는 할머님.

근무하다 보면 유독 정이 가고,
유쾌한 환자분들이 있습니다.

이렇게 서로 웃으며 근무하는
날이 많아지면 좋겠네요.

내가 인계를 하는 건지
인계가 나를 하는 건지
(어디 한번 잘하는 지 들어볼까..?)
(신규가.. 적응을 잘해야할텐데...)
(동기 힘내... 곧 나도 털리겠네...)
김○○님.. TLDG 하시고..
어.. 5일째.. 수술할때...
음.. bleeding 이 많아서...
어.. 괜찮아.. 지셨습니다...
휴..
무슨 말 하는지
하나도 모르겠네...

내가 인수인계를 하는데도
무슨 말인지 모르겠는데

상대 선생님은
무슨 말인지 알 수 있을까.

제가 앞으로 더 잘할 테니
이번만 넘어가 주시면 안 될까요.

어느 환타스러운 날 환타에게 일어난 일2

밤새도록 한 번도 안 쉬고 일했는데 시간이 부족할 때가 있다.
환자들 상태는 안 좋고, 내일 injec, med, 수술, 검사, 항암 치료 등 준비해야 할 일들이 산더미 같을 때 말이다.

처음 해보는 수술 및 검사 준비에 버벅거리며 아등바등 일을 처리해 나간다. 아뿔싸. 1분 1초가 아쉬운 상황에 수술환자가 올라온다. 나이트 때 수술환자가 올라오면 각종 부착물, Q1 vital check, 간호기록, 카덱스 정리, 상태, 통증 등 차팅들을 넣어야 한다. 차지 선생님이 도와줬음에도 나의 멘탈은 그렇게 조각나 간다.

야속한 시간은 흘러가고, 어느새 해가 뜬다.
떠오르는 환한 태양과는 반대로 나의 마음과 표정은 어두워져 간다.
사실 앞서 했던 일들은 어떻게든 처리하면 그만이다.
가장 중요한 게 남았다. 인수인계이다. 그것도 '호랑이' 선생님이라고 불리는 무서운 선생님에게 하는 인수인계 말이다.

심장이 콩닥콩닥 palpitaion(심계항진)이 찾아온다.

tarchycardia(빈맥)이 있는 것도 아닌데, 심장이 고장난 듯 요동친다.

그렇게 인수인계 준비도 못한 채 인계 타임이 찾아왔다.

지금부터 시작이다. 멘탈 탈수기가 작동되는 시간이다.

"김OO님 TLDG(복강경 하 전위절제술) 하시고 5일째 되는 환자분이

시고…

수술할 때, 음… bleeding이 많아서,

수술장에서 PRC(농축 적혈구) 3파인트 맞고 오셨고…

그 후 괜찮아졌는데(지금 나는 안 괜찮고, 울고 싶고, 도망가고 싶고.)

병동 오셔서, 음… 지금은 괜찮으시고, 오늘 CT 및 X-ray 추가로 나와

서 확인해봐야 될 거 같습니다?

(뭐라는 거야, 말하는 나도 뭔 말인지 모르겠다.)

그렇게 어느 환타스러운 날 환타는 인수인계로 하얗게 불태웠다.

텅 빈 이 카트! 꽉 찬 내 마음!

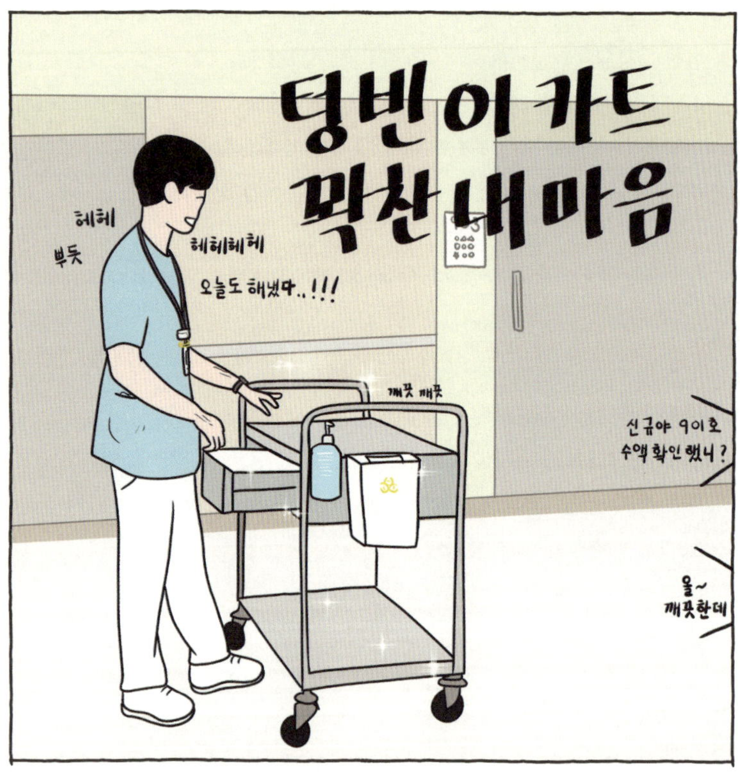

처음 정규 inject을 나갈 때
무거운 마음으로 생각한다.

'도대체 이걸 언제 다 할까.'

하지만 인젝 카트가 비어 갈수록
나의 마음은 기쁨으로 가득 찬다.

텅 빈 카트에
꽉 찬 내 맘을 안고
즐거운 퇴근을 한다.

있을 때 잘해, 후회하지 말고!

있을 땐 몰랐다. 그 소중함을.
없으니 알게 됐다. 그 빈자리를.

꼭 중요한 순간엔 없더라.
있을 때 잘하자. 후회하지 말고.

p.s. 플라스타 많이 있을 땐 룰루랄라 막 쓰다가
가장 먼 끝 방에서 플라스타 없어서
다시 스테이션 가보신 분들은 조용히 손!
(가장 친한 친구로는 토니켓이라는 친구가 있음.)

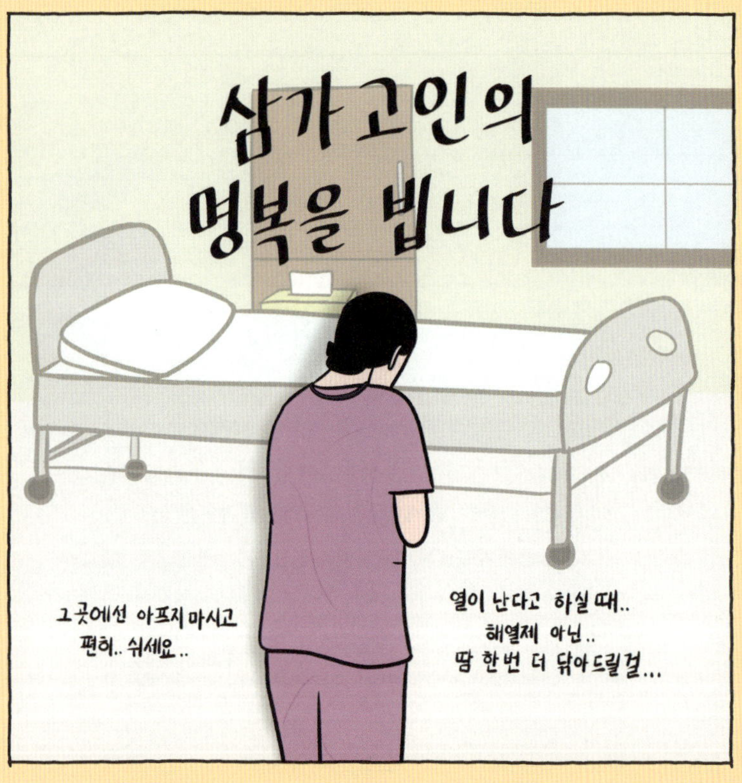
삼가 고인의
명복을 빕니다
그곳에선 아프지 마시고
편히.. 쉬세요..
열이 난다고 하실 때..
해열제 아닌..
땀 한번 더 닦아드릴걸...

열이 난다고 하셨을 때
해열제를 드릴 게 아니라
땀 한 번 더 닦아드릴걸.

배가 아프다고 하셨을 때
진통제를 드릴 게 아니라
관심 한 번 더 드릴걸.

삶과 죽음, 그 끝엔 결국
거창하고 특별한 게 아닌
작고 사소한 것들이 남는다.

제가 직접 소통하고 케어했던 환자가 병동에서 처음으로 숨을 거두셨습니다. 오랫동안 재원했었기에 느낌이 이상하였습니다. 예상된 죽음이었던지라 죽음을 한 번에 받아들이는 게 아니라 죽어가는 걸 지켜보았다고 표현하고 싶습니다. 암세포가 조금씩 조금씩 퍼져나가는 걸 본인을 포함해 주변 사람 모두가 숨죽여 지켜볼 수밖에 없었습니다.

그러던 중 오늘, 얼마 전까지만 해도 말을 하고 가끔은 웃으셨던 그분의 상태가 악화되고, 결국 새벽 4시에 우리 곁을 떠났습니다. 데이 출근해서 들은 비보에 순간 느낌이 묘했습니다. 중환자실이나 응급실에서의 죽음과는 또 다른 죽음이었습니다. 어떻게 될 줄 알면서도 끝까지 병마와 싸우다 결국 천천히 죽음의 그림자를 받아들이신 것입니다.

그러자 그분께 했던 행동들이 생각났습니다. 상태가 안 좋아질 때면 해야 하는 일이 많아졌고, 그로 인해 정신없기도 했고, 가끔은 짜증이 나기도 했습니다. 그래서 퉁명스럽게 대하고, 불친절하기도 했습니다.

그런데 오늘 퇴근 후 다시 그 사실을 되돌아보니 '그때 그분이 열났을 때, 드레싱 한 번 해달라고 했을 때, 라인 좀 봐달라고 했을 때, 뭘 잘 못 먹겠다고 힘들어했을 때 의학적인 처치가 아니라 한 번 더 들어주고, 한 번 더 원하는 걸 해줄걸.' 하는 마음에 눈물이 주르륵 흘렀습니다.

죽음을 간접적으로 체험한 저는 깨달았습니다. 삶과 죽음의 사이에 남는 후회는 결국 사소함이라는 걸요. 끝에서 후회하는 일들은 '우주 정복, 대통령 되기, 세계평화'가 아니었습니다. 그저 소소한 일상, 상대방의 사소한 부탁, 시시콜콜한 대화, 조금 더 관심을 표하는 것. 이러한 것들이 삶의 끝에서 진정 우리가 추구해야 할 것들이지 않을까 하는 생각이 문득 들었습니다.

괜히 말이 길어지네요. 지금은 하늘에 있을 그분의 빈 병실이 조금은 허전하게 느껴졌나 봅니다. 고인의 명복을 빕니다.

벌써부터 퇴근하고 싶다
비록 아직 출근 전이지만
그러자~재어있는것 나왔데~
우리 영화 볼깡~?
호혹... 부러웡...
(오늘은 어떤 일들이...
펼쳐질까...
하나니이윔!!!
제발! 스테이블 하게
해주세요...
어제 상태 안 좋으신...
8바호 환자분...
ICU 내려갔으려나..)

아직 출근도 안 했는데
벌써 퇴근하고 싶은 건
왜일까.

남들은 기쁜 맘으로 퇴근하고
나는 또 슬픈 맘으로 출근하네.

그러면 안 되지만 가끔은
'많이 다치지 않을 정도로
사고가 나면 어떨까.' 하는
나쁜 생각이 들 때도 있다.

당연히 그런 일은 일어나면 안 되겠지만
담담한 마음으로 오늘도 출근을 한다.

데이 출근, 지금 이 새벽 시간 언제쯤 익숙해질까

남들이 아직 꿈속을 헤맬 때
남은 밤을 뒤로한 채 집을 나선다.

새벽의 찬 공기가 허파에 스미고
옅게 깔린 물안개가 얼굴에 스치면

비로소 깨닫는다.

'오늘도 간호가 시작되는구나.'

날씨 좋고 기분도 좋고, 다 좋은데 이브닝 출근

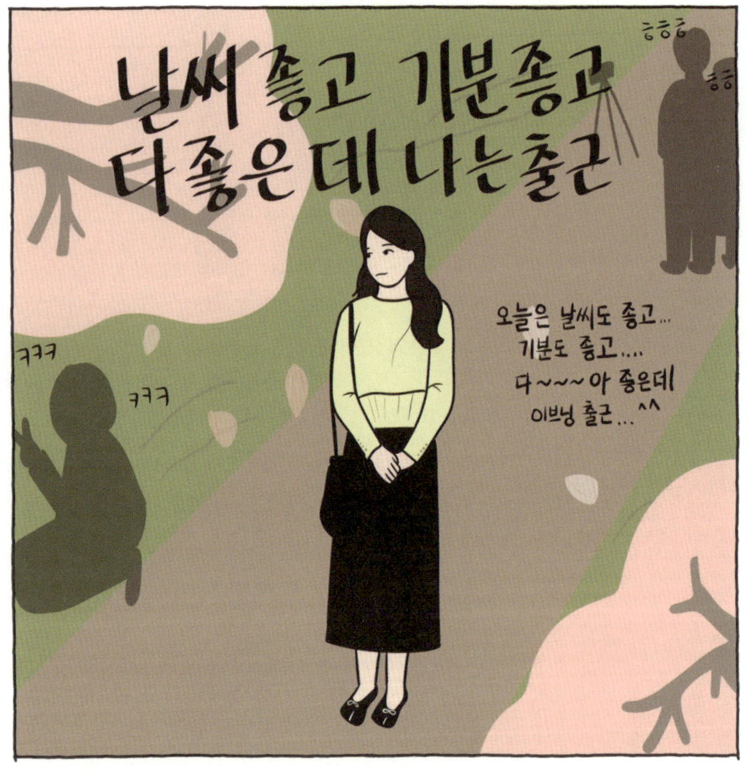

날씨 좋다.
바람도 좋다.
기분도 좋고
다 좋은데

이브닝 출근.

'분명 좋았는데.'

달은 참 밝은데 출근하는 내 마음은 왜 이리 어두울까

#나이트출근길 #달은밝은데
#맘은어둡네 #감기조심하세요

나이트 출근할 때면
마음이 싱숭생숭하다.

'어제 CPR 하고 중환자실에
내려갔다 온 환자는 오늘 어떨까.'

'밤사이 혹여나 무슨 사고는 생기진 않을까.'

'오늘은 밥을 먹을 수 있을까?'

이러한 생각들이 꼬리에 꼬리를 물며
출근하는 발걸음이 무겁기만 하다.
오늘은 부디 스테이블하길.

퇴근 후 꿀같은 휴식 어떻게 알차게 보낼까?
아~ 곧퇴근이당.
퇴근하고 뭐하지?
씨익
(곧 퇴근이다~
오늘은 집에서 씻고 나가서
못샀던 옷도 사고,
친구랑 7시쯤 만나서
인싸카페가야지~)
RRR
7月

알차게.. 잠만.. 잤네..
딸~ 7시인데 벌써자~?
많이 피곤하나보네...
ZZZ
쿨쿨
드르렁
ZZ
RRR

이브닝 끝나고
먹는 야식은 0칼로리
엄마...
나 오늘 환타였어..
그리고 퇴근 10분전
새로운 환자 받아서
늦었엉 TT
현기증 난단 말이야..
빨리 치킨!...
시켜줘.. 엄마 TT
딸~
오늘 이브닝
늦게 끝났네~

이브닝 끝나고
치킨을 먹으며
이치를 깨닫네.

이브닝 끝나고 먹는
야식은 0칼로리라는
행복한 이치를.

통국밥 7,000
물국밥 6,000
동기국밥
나이트 끝나고
동기와 먹는 국밥꿀맛
첫끼..ㅜㅜ
배고팠음...
캬하...
환타 마실래?
ㅋㅋㅋ..ㅋㅋㅋ지ㅅ.
후어~
오아!!!
절대 안마셔
오늘도.. 불..
태웠다...

환타스러운 어느 날
도저히 집에 갈 힘조차 없을 때
동기와 함께 국밥을 먹으며
넋두리하는 게 행복할 때가 있다.

추운 겨울엔 집에 돌아가
따뜻한 전기장판 틀어놓고,
귤을 까먹으며 해가 중천에 뜰 때쯤
스르륵 잠드는 게 간호사로 살아가며
힘을 낼 수 있는 즐거움 중 하나이다.

오늘도 나이트 근무 하시느라
고생 많았던 대한민국 모든 RN분들
편히 쉬세요.

간호사에게도 간호사가 필요합니다

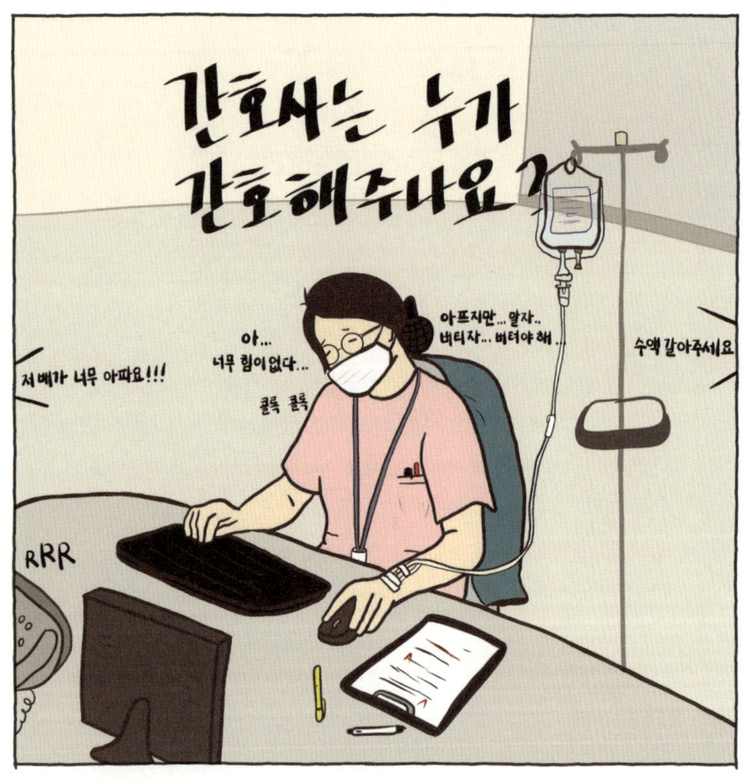

엄마에게도 따뜻한 품의

엄마가 필요하고

의사에게도 아플 땐

의사가 필요하듯이

간호사에게도

간호사가 필요합니다.

언제나 내편,
간호사로 버틸수 있는 이유

딸 데이근무 잘했어~?
밥은 잘 먹고 다녀~?
내일부터 쓰나네...

언제든지 힘들면
내려와도 괜찮아...

엄마가 반찬 좀 보낼게~

응~ 나 밥잘먹고
… 버틸만해...
걱정마.. 엄마..
(사실 많이 힘든데
걱정시키긴 싫다...)

10月듀티

\#언제나_내편 \#엄마 \#항상_감사합니다

때론 나보다 내 근무표를 더 잘 알고 있는
본인도 안 먹는 홍삼을 걱정된다며 선물해주시는
내가 못 일어날까 봐 알람을 여러 개 맞춰 두시는
언제나 본인보다 나를 더 생각하고 걱정하시는

그 이름, 어머니.

p.s. 항상 감사한 어머니께 전화 한 통 해서
사랑한다고 말해보는 건 어떨까요.

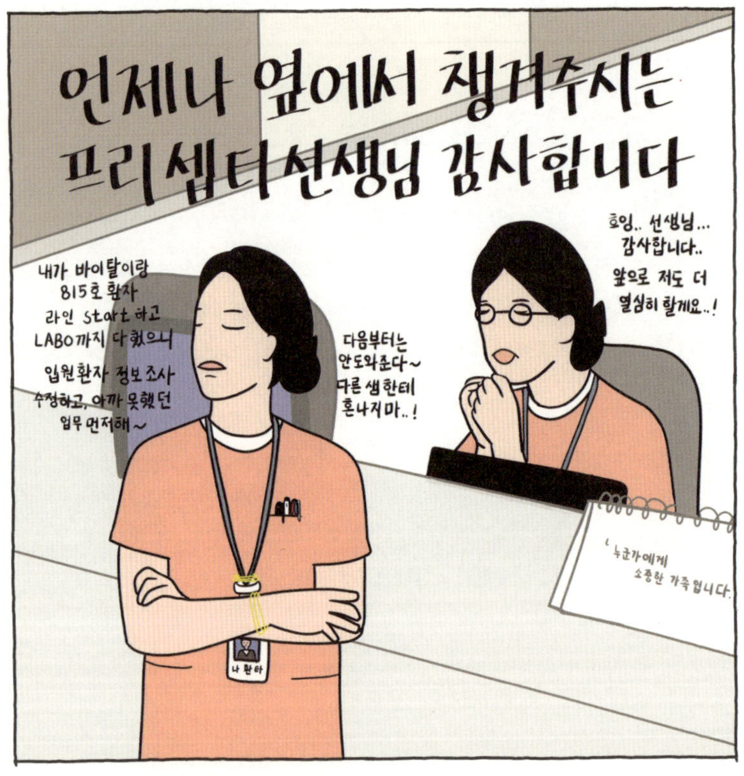
언제나 옆에서 챙겨주시는 프리셉터 선생님 감사합니다
내가 바이탈이랑 815호 환자 라인 start 하고 LABO까지 다 했으니
입원환자 정보 조사 수정하고, 아까 못했던 업무 먼저해~
다음부터는 안도와준다~ 다른 샘한테 혼나지마..!
호잉.. 선생님... 감사합니다.. 앞으로 저도 더 열심히 할게요..!
나 환자
' 누군가에게 소중한 가족입니다.

하루에도 수십 번 죄송하다 말해도
하루에도 수십 번 도와주는 선생님.

선생님이 있어서 오늘도 잘 배우고,
느리긴 하지만 점점 더 성장해갑니다.

항상 감사합니다. 프리셉터 선생님.

환자가 건네준 음료 한잔, 마음속 감동과 여유 한잔

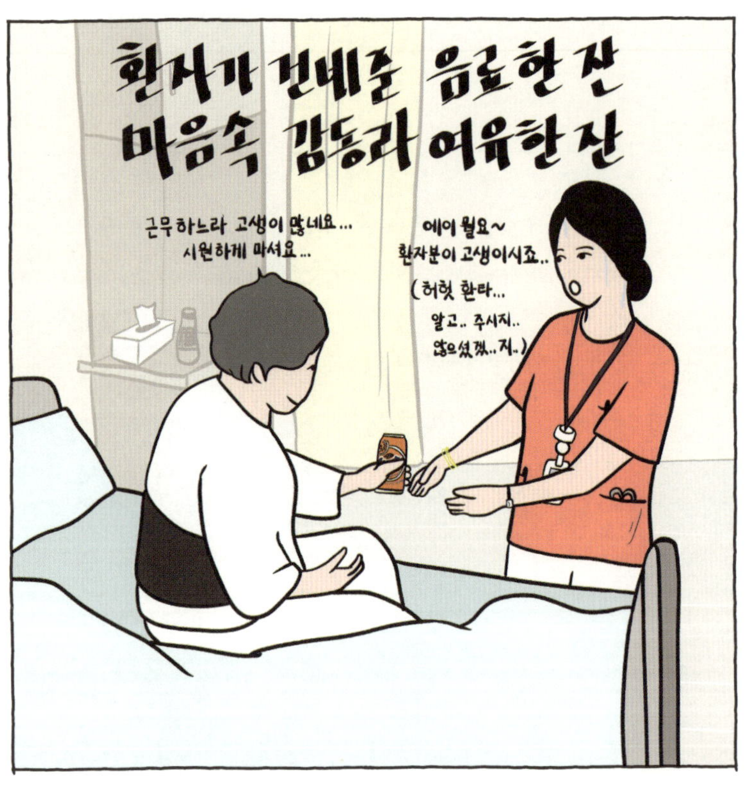

#환자가_건네는_음료한잔 #마음속_감동과_여유한잔
#항상_챙겨주셔서_감사합니다

일이 힘들긴 하지만 모든 순간이 힘든 건 아닙니다.

밤낮 없이 고생한다며 과일을 먹여주시는 할머니,
말없이 비타민 음료를 건네주는 할아버지,
몰래 먹으라며 사탕을 손에 쥐어주시는 보호자분.

백 마디 위로의 말보다 한 번의 이런 행동에서
잔잔한 감동과 여유, 새로운 힘까지 얻습니다.
간호사의 삶이 쉽지 않은 길이긴 하지만
이렇게 알아주는 사람이 있기에
오늘도 힘을 내봅니다.

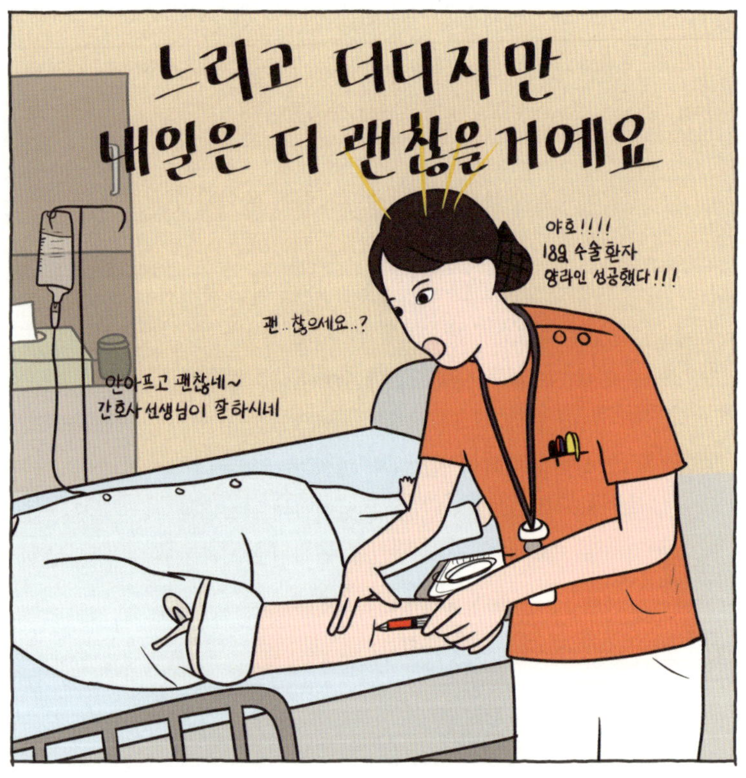
느리고 더디지만
내일은 더 괜찮을 거예요
야호!!!!
18g 수술환자
앙라인 성공했다!!!
괜..찮으세요..?
안아프고 괜찮네~
간호사 선생님이 잘하시네

진짜 어렵고 힘든 상황일지라도
다 내려놓고 포기하고 싶을지라도
그만두고 다른 길을 가고 싶을때도

한 가지 변함없는 사실은
시간은 흐른다는 것.

느리고 더디긴 하지만
처음보단 나아지고 있다는 것.

 ## 예쁨 받는 신규 간호사 되는 방법

인사는 먼저, 언제나 밝고 씩씩하게

처음 병원에 발령을 받고 부서에 가게 되면 가장 먼저 해야 할 게 병동 간호사들과의 인사이다. 수간호사가 대표로 먼저 신규 선생님 왔다고 인사를 하고, 그다음은 자신의 몫이다. 밝고 씩씩한 목소리로 인사하고, 한마디 정도는 앞으로의 포부를 말하는 게 좋다. 첫인상이 병동 생활의 운명을 결정할 수도 있을 만큼 중요하다. 하지만 간호사 업무 특성상 매우 바쁘고, 차팅을 하고 있거나 다른 일을 하고 있을 땐 인사를 못 받아줄 수 있으니 너무 상처 받지는 말자.

누구나 실수는 한다, 실수를 통해 오히려 예쁨 받는 법

보통 병원에서 업무에 대한 교육을 받을 때 약 2개월에서 3개월 정도 교육을 받는다. 처음 한 달은 정말 기초적인 내용부터 병원 업무 전반에 대해 교육을 받고, 두 달째 됐을 때부터 처음 배운 내용에 추가로 조금 더 난이도 있는 업무에 대해서 배운다. 교육 기간부터 공부해야 할 내용이나 숙제가 주어지고, 그 기간에도 실수를 하거나 배운 내용을 틀릴 수도 있다. 그때는 많이 혼나지 않는다. 하지만 교육 기간이 끝나고 '독립'이란 걸 하면, 그때부턴 스스로 업무를 해야 한다.

이때부터가 본격 신규 간호사의 시작이다. 매일 열 번, 스무 번 이상씩 "죄송합니다."라는 말을 달고 살고, 배웠던 내용들에 대한 실수를 많이 하게 된다. 하지만 신규 간호사가 실수를 하는 건 당연한 거다. 아기가 한 번 일어나 걸을 때까지 얼마나 많이 넘어지고, 상처 나고, 울고 하는

가. 간호 업무도 마찬가지다. 실수를 하더라도 그때의 태도가 가장 중요하다. 오늘도 실수했다고 기가 죽거나, 너무 우울해해도 선생님들이 별로 좋게 보지 않는다. 한 번 했던 실수는 최대한 다시 반복하지 않으면 된다. 틀렸던 내용이나 지적받았던 업무는 꼭 메모하고, 되풀이하지 않도록 해라. 실수한 당시에는 풀이 죽고, 서먹서먹할 수도 있지만 어느 정도 분위기가 풀렸다 싶으면 다시금 용기를 내어 "그때 제가 실수했을 때 알려주셔서 정말 감사했습니다." 씩씩하게 말씀드리고 그때부터 다시 잘하면 오히려 더 예쁨 받는 신규 간호사가 된다.

10번, 20번이라도 모르거나 애매한 게 있다면 질문하기

신규 간호사들이 가장 많이 하는 실수 중 하나가 질문을 하지 않는다는 것이다. 당연히 배웠던 내용 중 쉽거나 간단한 내용은 질문을 하면 오히려 혼날 수도 있다. 하지만 조금 헷갈리거나 저번에 배웠는데 긴가민가할 때가 하루에도 몇 번씩 생긴다. 그럴 때마다 '아, 물어보면 혼나겠지. 그냥 이렇게 하고 지켜봐야겠다.'라는 마음으로 저지르고 본다. 그때 실수가 생기고, 그게 환자에게 직접적인 피해를 끼쳤을 때 더 크게 혼나고, 만회하기가 힘들다. 거듭 말하지만 신규 간호사는 물가에 내놓은 아이와 같다는 걸 부서 모든 선생님들이 알고 있다. 아무리 안 친하고, 어려운 선생님이라도 헷갈리는 게 있으면 한두 번 생각해보고 질문해라. 오히려 뒤돌아 생각해보면 경력 간호사 선생님들은 질문 안 하는 신규를 더 이상하게 생각하고, '알아서 잘하겠지.'라는 마음으로 도와주지 않는다. 질문 한 번으로 환자의 생명이 오갈 수도 있는 게 간호사의 업무이다. 적절한 질문을 통해 일도 잘하고, 예쁨 받는 신규 간호사가 되자.

앞에서도 말했다시피 신규 간호사 교육이 끝나고 독립을 하게 되면 살얼음판이 시작된다. 하루도 바람 잘 날이 없고, 총알이 빗발치는 전쟁터마냥 폭풍 같은 하루하루가 펼쳐진다. 그러다 꼭 한 번씩은 만회하기 힘든 실수가 터진다. 항암 치료를 하는데 환자의 항암제를 바꿔서 투약한다든지, 절대 먹어서는 안 되는 약을 헷갈려서 다른 환자에게 준다든지, 마약과 같은 취급 주의 물품을 잃어버린다든지. 생각만 해도 정말 끔찍한 실수를 본인도 모른 채 하게 된다. 그럴 때마다 나의 실수가 병동 전체로 인수인계가 되고, 주변 사람들의 시선마저 너무 부담스러워 사직 욕구, 자존감 저하, 우울감이 몰려온다.

물론 잘못에 대해 반성하고 뉘우치는 건 당연하다. 환자의 안전에 직결되는 실수는 다시는 반복하면 안 되기 때문이다. 하지만 앞서 말했다시피 너무 거기에 함몰되고, 기죽어 있으면 오히려 역효과이다. 시간이 좀 흐르면 하나의 웃픈 에피소드로 남게 될 것이기에 과거보다는 미래에 더 집중하는 게 필요하다. 차라리 그 실수를 했을 때 처리하는 걸 도와주었던 선생님에게 진심으로 죄송하고 감사했다는 마음을 표시하고, 손 편지나 작은 선물을 통해 다음부터는 잘하겠다는 마음을 전달하는 게 훨씬 효과적이다. 본인의 진심을 표출해서 마음이 한결 나아지고, 그 진심을 선배 간호사들도 알게 되어 오히려 더 격려해줄 것이다. 신규니까 실수하는 거다. 그 실수를 통해 더욱 성장하는 간호사가 되자.

# 죽어라 일하는데 성과가 보이지 않는다면

모소 대나무 이야기

병원에 입사하여 3개월쯤 됐을 때 수간호사 선생님께서 '신규 간호사 적응기' 발표해보면 어떻겠냐 해서 같이 입사한 동기들을 대표하여 적응기를 발표했던 적이 있다. 어떤 이야기를 하면 좋을지 신규의 경험과 적절한 예시를 통해 발표를 준비했다. 그중 중국의 '모소 대나무' 이야기가 신규 간호사의 모습과 비슷했고, 자존감이 떨어져 있었던 내게 큰 힘이 되었다.

중국의 극동 지방에서만 자라는 희귀종, 모소 대나무.

그 지방의 농부들은 여기저기 씨앗을 뿌려놓고 매일같이 정성들여 키운다. 씨앗에서 싹이 움트고 농부들은 수년 동안 온 정성을 다하지만, 모소 대나무는 4년이 지나도 불과 3cm밖에 자라지 못한다. 타 지방 사람들은 이 모습을 보면 도무지 이해하지 못하고 고개를 젓는다. 하지만 이 대나무는 5년째 되는 날부터 하루에 무려 30cm가 넘게 자라기 시작한다. 그렇게 6주 만에 15m 이상 자라게 되고, 그 자리는 순식간에 빽빽하고 울창한 대나무 숲이 된다. 4년 동안 단 3cm의 성장에 불과했던 모소 대나무는 5년 후부터 그야말로 폭발적인 성장을 하게 되는 것이다. 6주 만에 놀라운 일이 벌어진 것 같지만, 그 전 4년 동안 모소 대나무는 땅 속에 수백 제곱미터에 이르는 뿌리를 뻗치고 있던 것이다.

우리 주변에도 이런 사람들이 있다. 죽어라 노력하는데 눈에 띄는 성과를 보이지 못하거나 남들이 알아주지 않아도 끝까지 매달리는 사람들이다. 우리는 이들을 보면서 불쌍히 여기거나 바보라고 생각한다. 하지만 이들은 성장하지 않는 것이 아니라 아주 깊고 단단한 뿌리를 내리고 있는 것이다. 그리고 때가 되면 그야말로 기가 막히게 높은 위치에 다다를 것이다. 당신도 무언가를 죽어라 하는데 눈앞에 성과가 보이지 않는다고 겁먹지 마라. 당신은 지금 성장하지 않는 것이 아니라 뿌리를 내리고 있는 것이다.

『열정에 기름 붓기』 '모소 대나무 이야기' 중

신규 간호사 때에는 열심히 죽어라 한다고 하는데, 언제나 부족하고 잘 모르는 것 같다. 그렇게 자존감이 떨어지고, 주변에서도 "이 길이 아닌 것 같다."라는 말들이 들려온다. 하지만 여러 번의 실수와 배움을 통해 뿌리를 내리며 1년, 2년이 지나다 보면 어느새 그 뿌리가 깊어져 신규였던 간호사가 어느덧 한몫을 어엿이 해내는 간호사로 성장하게 된다. 그리고 한 가지 생각해보면 어제의 나보다는 오늘의 내가 더 아는 내용이 많다. 1개월 전의 상황보다 지금의 상황이 아주 조금이라도 더 나아지고 있지 않은가. 그렇지 않다면 더 이상 병원을 다닐 이유가 없겠지만 대부분 실수를 통해 배우고, 어제보다 단 '1'이라도 더 나아지고 있는 건 확실하다. 본인을 너무 과소평가하지 말라. 성장에는 '성장통'이 따르듯, 환자의 생명을 살리고 '돌봄'이라는 그 가치 있고 숭고한 일을 하는 간호사가 되는 게 쉽다면 그게 더 이상하지 않겠는가.

신규 간호사 멘탈 털림 방지법

병원과 일상을 철저하게 분리하라

보통 신규 간호사들이 가장 많이 하는 생각이 '내일은 또 내게 무슨 일이 벌어질까.', '또 실수해서 혼나지 않을까?'와 같은 걱정이다. 이렇게 쉬는 날에도 병원 생각을 하면서 미리 걱정하다 보면 매일 매일이 불행하고 힘들어진다. 그렇게 걱정을 미리 사서 하는 분들에게 『일하지 않아도 좋아』의 저자인 어니 J.젤린스키는 이렇게 말한다.

걱정의 40%는 절대 현실로 일어나지 않는다.
걱정의 30%는 이미 일어난 일에 대한 것이다.
걱정의 22%는 사소한 고민이다.
걱정의 4%는 우리 힘으로 어쩔 도리가 없는 일에 대한 것이다.
걱정의 4%는 우리가 바꿔놓을 수 있는 일에 대한 것이다.

일어나지 않거나 이미 일어난 일 혹은 사소한 고민에 우리의 인생을 바칠 것인가. 병원에 있을 땐 우리 힘으로 어쩔 도리가 없는 일이 일어나거나, 우리가 바꿔놓을 수 있는 일들이 일어날 확률이 가장 크다. 그 상황이 일어나기도 전에 그 걱정을 미리 한다면 우리의 신규 간호사 생활은 안 봐도 지옥 같을 것이다. 부디 병원에 있을 땐 병원 일에 최선을 다하고 퇴근과 동시에 일상과 병원을 분리하라. 쉴 땐 확실히 쉬고, 걱정이 들거나 불안하면 일단 이불 밖으로 나가서 몸을 움직이거나 친구들을 만나서 이야기를 나눠라. 병원과 우리 일상은 철저하게 분리되어야 한다.

자신만의 스타일로 스트레스를 해소할 수 있는 방법을 만들어라

누구나 어느 것이든 좋아하는 게 있다. 그게 노래가 될 수도 있고, 영화, 책, 친구들과의 수다, 명상, 기도 등 형태는 다양하다. 당연하고 평범한 것일 수도 있지만 신규 간호사에겐 굉장히 중요하다. 성경을 보면 다윗 왕이 사울 왕에게 쫓기고, 생명의 위협을 느낄 때 '나의 피할 바위이시요, 요새이시요, 산성 되시는 하나님'이라는 고백을 한다. 신규 간호사에게도 이 '피할 바위'가 필요하다. 그게 어떤 것일지는 본인만 알겠지만 그 무언가를 할 때는 힘든 생각, 슬픈 생각, 우울한 생각이 아닌 오직 자신과 그 무언가만 있는 시간이 바로 피할 바위이다. 그 시간이 길 필요도 없다. 자존감이 굉장히 낮아진 어느 날, 퇴근길에 5분 정도 듣는 음악이 피할 바위일 수도 있고, 오프날 동기들과 만나서 맛있는 밥을 먹고 예쁜 카페에 가서 맛있는 초코쿠키를 먹으며 이야기를 나누는 그 시간이 피할 바위일 수도 있다. 무엇이든 좋으니 자기 자신에게 피할 바위가 무엇인지 꼭 발견하라. 힘이 들고 지쳐 쓰러져 갈 때 그 바위에서 자기 자신과 마주하라.

진짜 이 일을 꼭 해야 한다면 꼭 해야 할 만한 목표를 설정하라

100m 육상 경기를 하는 선수들의 이야기를 들어보면 100m 골인 지점을 바라보고 달리는 게 아니라 120m, 130m를 바라보고 뛰어야 기록이 단축된다고 한다. 여기서 우리는 '목표'의 힘을 알 수 있다. 일을 하다 보면 '나는 누구, 여긴 어디?' 내가 왜 이 일을 하고 있는지도 모르겠고, '귀하게 자란 내가 이렇게까지 혼나가면서 이 일을 해야 할까?' 등의 수많은 생각에 사로잡히게 된다. 그렇게 시간이 흐르니 월급이 나오고, 한 달, 두 달 일을 더 하게 된다. 하지만 그렇게 일을 하다 보면 버텨야 할 이

유, 내가 이 일을 해야 하는 동기가 생기지 않아 어떠한 사건 한두 개만 생기면 갑자기 응급 사직을 하거나, 사직 면담을 하는 일이 발생한다. 4년 동안 정말 열심히 공부하고, 그 높은 경쟁률을 뚫고 들어온 병원과 생이별을 하게 된다. 그렇게 그만둔 간호사들과 이야기를 나눠보니 열의 여덟, 아홉은 후회한다. 규모가 상대적으로 작은 병원에 가거나 다른 직군의 간호사로 일을 해도 힘든 건 똑같고, '조금만 더 버텼으면 내가 이 병원에서 3, 4년차로 날아다녔을 텐데…'와 같은 후회를 많이 한다. 아래 예시를 통해 자신만의 목표를 설정해보자.

목표 예시

① 무슨 일이 있더라도 딱 1년만 버텨보고 아닌 것 같으면 뒤도 돌아보지 않고 사직서 제출하기

② 미국 간호사가 되기 위해 2년 이상 꾹 참고 버티기

③ 대학원을 가기 위해 3년만 눈 딱 감고 버티기

④ 사고 싶었던 자동차 할부로 구매하기

⑤ 내 집 마련을 위한 전세자금 대출 받기

신규 간호사의 공부법

'나만의 노트'가 필요하다

일 잘하는 신규 간호사, 일 못하는 신규 간호사의 차이는 무엇일까. 학교를 다닐 때도 똑부러지게 열심히 잘 정리하고 공부하는 친구들이 성적을 잘 받는 경우를 많이 봤을 것이다. 간호사도 마찬가지다. 기본 간호학, 성인 간호학, 아동 간호학, 정신 간호학 등 간호에 대한 모든 내용을 공부하고 정리를 하라는 말이 아니다. 본인이 배정받은 그 부서에 대한 내용만 잘 숙지해도 에이스 간호사가 될 수 있다. 조금 더 자세히 말하자면 부서에서 자주 사용하는 간호 용어, '간호 처치, 간호 기록, 약물, 수술, 검사, 루틴 업무' 등 빈도수가 높은 핵심적인 내용을 얼마나 체계적으로 잘 정리하는가에 따라 신규 간호사의 업무 능력 및 적응력이 판가름된다. 특히 신규 간호사 교육 한 달 이내에 부서의 모든 내용에 대해 한 번씩은 교육을 받게 되므로 이 노트 만드는 게 하루라도 밀리면 그다음 업무가 과중되어 도저히 따라갈 수 없는 지경에 이를 수 있으니 주의하자.

자신만의 노트 작성법

(1)교육 도중엔 메모만이 살길이다

출근해서 선생님께서 해주신 말씀은 웬만하면 다 메모하는 습관을 가져야 한다. 속사포처럼 지나가기 때문에 메모하지 않으면 또 물어봐야 하고, 또 물어보면 혼날 수 있으니 너무 빠르면 다시 한 번 설명해달라고 정중히 부탁하면서 교육 시간에 따른 내용을 잘 배우고, 메모하자.

(2)중구난방 흩어져 있는 메모를 체계화하여 나만의 방식으로 정리하자

나만의 노트에는 특별히 정해진 방법은 없다. 다만 배운 내용에 대하여 업무 및 분야별로 체계적으로 분류하는 과정은 필요하다. 아무래도 교육 때 받아 쓴 글씨를 보면 휘갈겨져 있을 확률이 크다. 그 내용은 차분히 시간을 들여 따로 공책을 준비하거나 컴퓨터에 타이핑하며 정리해서 분류하는 작업이 필요하다. 간혹 프리셉터 선생님들끼리 대대로 내려오는 '족보'와 같은 병동 특유의 업무 노트가 있으면 좋겠지만 없다면 개인이 작성을 해야 한다.

예를 들면 병동에서 자주 하는 업무에 대해 분류해보자.
①입원 ②검사 ③수술 ④처치, 처방 ⑤마약, 향정 ⑥항암 ⑦전과, 전동 이렇게 7개의 큰 카테고리로 나눈다고 해보자. 그 카테고리가 있고, 그 안에 세부 내용들을 정리하는 방법이 가장 보편적이다. 가장 많이 사용하는 간호 업무부터 우선순위에 따라 정리하는 게 실수를 줄이는 효율적인 방법이다.

그렇다면 7가지 카테고리 중 '②검사'를 예로 들어보자.
검사1. CT 촬영 및 준비사항
검사2. MRI 촬영 및 준비사항
검사3. Colonoscopy(대장내시경) 촬영 및 준비사항
검사4. PTBD(경피경간 담도 배액술) 및 준비사항
검사5. EGD(위내시경) 및 준비사항

이런 식으로 '②검사'라는 카테고리 안에 자신만의 세부 카테고리를 설정해보자.

Ⓐ 자주 하는 검사
Ⓑ 검사 전 간호
Ⓒ 검사 후 간호
Ⓓ 예약 방법
Ⓔ 검사 장소

이렇게 세부 내용들에 대해 자신만의 방법으로 정리해두면 다음에 '나만의 노트'를 통해 헷갈리거나 모르는 내용들을 찾아가며 신속하고 정확하게 업무를 처리해나갈 수 있다. 정해진 방법은 없으니 공책에 정리하거나 컴퓨터에 타이핑한 후 출력해서 자주 실수하거나 중요한 업무 위주로 확인하는 걸 추천한다.

(3)널스노트 어플리케이션을 활용하여 나만의 폴더 및 업무를 정리해보자

이제 어느 정도 '나만의 노트' 작성법에 대한 감이 잡혔을 거라고 생각한다. 그 방법에 대해서는 노트 정리 및 한글 문서와 같은 곳에 타이핑하는 방법이 있겠지만 우리의 모든 고민을 알고 간호사 및 IT 전공자가 직접 머리를 맞대어 개발한 어플리케이션&웹사이트 '널스노트'가 있다.

널스노트는 간호사의 업무 능력 향상 및 적응을 돕는 스마트노트 플랫폼이다. 서울의 대형병원 같은 곳은 이미 자주 하는 업무에 대한 매뉴얼이 병원 자체 전산으로 다 정리가 돼 있다고 하지만 그 외 전국 병원의 95% 이상은 그러한 자체 전산 매뉴얼이 구비되어 있지 않다. 거기에서

아이디어를 착안하여 시스템이 없어도 누구나 쉽게 만들 수 있고, 사용할 수 있도록 만든 간호사 전용 스마트노트가 '널스노트'이다.

널스노트는 밴드처럼 부서별로 간호사들이 손쉽게 소통할 수 있는 플랫폼이다. 임상현장 적응력을 높일 수 있게 도와주는 업무자료, 교육자료, 실무지침서 등을 카테고리별로 체계적으로 정리해 공유할 수 있다. 오늘의 듀티(근무표), 공지사항, 캘린더(일정), 앨범(사진) 등도 탑재돼 있다. 검색기능을 통해 쉽고 빠르게 자료를 찾아볼 수 있다. 언제 어디서나 최신 업데이트된 자료를 실시간으로 공유할 수 있다. 부서별로 팀을 만들어서 사용할 수 있고, 개인별로 '나만의 간호노트'를 만들어 쓸 수도 있다. PC와 앱이 실시간으로 연동되기 때문에 PC에 있는 자료도 스마트폰에서 공유할 수 있다.

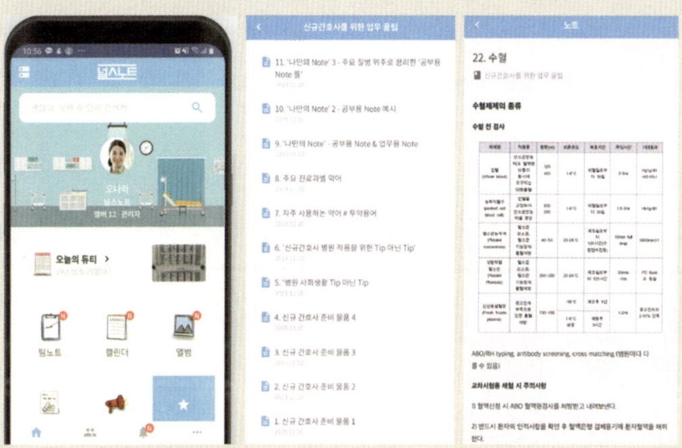

사용 예시

① 나만의 노트 방을 개설하여 혼자서 헷갈리거나 중요한 업무 위주로 사용하기

② 같은 해에 입사한 동기들끼리 업무를 분담하여 정리하고, 그것들을 공유하여 사용하기

③ 프리셉터와 프리셉티가 방을 개설하여 배운 업무 및 병동 업무에 대한 카테고리 설정 및 내용 삽입하여 사용하기

④ 병원의 부서원들 전체가 사용한다면 교육 전담 간호사 및 각 업무별 담당자를 정하고 정리하게 하여 부서 내 모든 업무에 대한 카테고리 설정 및 내용 삽입하여 사용하기

웹사이트

너스케입(간호사 대표 커뮤니티) https://www.nurscape.net

널스스토리(간호사 대표 커뮤니티) https://www.nursestory.co.kr

너스키니(간호사가 직접 운영하는 간호 용품 1등 쇼핑몰)
http://nurskiny.com

카페&블로그

드림널스 카페(신규 간호사 정보 및 교육 카페)
https://cafe.naver.com/nurseforus

나는 국제간호사다(국제 간호사 카페)
https://cafe.naver.com/usanurses/1784

데이비드 이야기(미국 간호사 블로그)
https://blog.naver.com/gemini1250

유튜브

널스맘: 신규 간호사 업무 및 자존감 관련 영상

널스홀릭: 간호사 업무 및 일상 브이로그 영상 등

널스노트: 간호사의 다양한 진로 및 간호사에 대한 정보 영상 등

용다의 잡생각: 간호사에 대한 인식 및 브이로그 영상 등

어플리케이션

널스노트: 신규 간호사 업무능력 향상 및 적응을 돕는 스마트노트
어플리케이션
마이듀티: 간호사 근무표 어플리케이션
CS캠스캐너: 문서 스캔&팩스, 고화질 PDF 파일 편집 기능
의학용어사전: 10만 개 의학용어 정보 검색 사전
클래식 해부학: 인체해부도감 및 상세한 해부학 그림 삽화

책

간호사가 사는 세상(정현선, 포널스출판사)
간호사 김영미(김영미, 에듀팩토리)
간호사 재발견(박미나, 포널스출판사)
간호사, 너 자신이 되어라(한화순, 한언)
간호사 대학원 가기(최영림, 포널스출판사)
간호대로 가는 길(오남경, 흔들의자)
나? 남자간호사! 병원? 때려치웠지! 여행? 남미 갈 거야!
(ㅇㅅㅂ, 러브에이드)
나는 간호사, 사람입니다(김현아, 쌤앤파커스)
나는 꿈꾸는 간호사입니다(김리연, 허밍버드)
리얼 간호사 월드(최원진, 북샵)
미스터 나이팅게일(문광기, 김영사)
무너지지 말고 무뎌지지도 말고(이라윤, 문학동네)
사랑의 돌봄은 기적을 만든다(김수지, 비전과리더십)
사막을 달리는 간호사(김보준, 포널스출판사)

서른하나, 간호사가 되었습니다(푸른(배윤경), 반니라이프)
신규 간호사 안내서(노은지, 포널스출판사)
암또의 임상노트(암또, 포널스출판사)
오늘도 도망치고 싶지만(박유미, 윌링북스)
안녕, 간호사(류민지, 랄라북스)
처음부터 간호사가 꿈이었나요(안아름, 원더박스)
프셉마음(드림널스 편집부, 드림널스)
7년의 기록, 남자 간호사 데이비드 이야기(유현민, 인간사랑)
널스 브랜딩(김명애, 포널스출판사)
간호사 독서모임 해봤니?(최영림·최서연·전은영·김민지, 포널스출판사)
예비간호사 수다집(모형중 등저, 포널스출판사)

대한민국의 건강을 지키는 나의 이름은 '간호사'입니다

가치 있고 의미 있는 일을 하며
대한민국 건강의 최전선을 지키는
우리의 이름은 '간호사'입니다.

경력 간호사 프로필

가끔 풀메이크업으로 출근 가능
누가 더 귀여운 볼펜 쓰는 지 자랑하게 시작함
귀여운 테이프 걸이 장착 가능
별다방 테이크아웃잔 필수

이름: 경력 간호사

특기: 환자 얼굴만 보고도 어떤 병명인지 맞추기

취미: 오늘도 수고한 나에게 '야식'을 선물하기

특징: 3~5년차 정도 되면 어느 정도 편해지기도 하고, 할 만할 줄 알았는데 신규 간호사 교육 및 그 연차에 따른 역할과 무게감으로 인해 힘든 건 똑같음. 그래도 일하다 보면 재미있고, 감동적인 사건들로 인해 힘듦과 보람의 양가감정을 느끼며 출근함.

소지품: 헌 토니켓, 제약회사에서 받은 볼펜, 잃어버린 시져, 간식 챙겨 놓은 주머니, 디톡스 깔라만시 에이드, 늘어진 몸, 귀여운 볼펜, 당직 의사 전화번호표, 떨어질 것 같은 신발 바닥, 터진 머리망, 깔끔한 인계종이 등

소확행.. 바라지도 않아...
아프지만 말자....
흑...
저 너무
아파요!!
남들은 소확행
난 지금 수액행
수액
다 맞았어요~

소확행은 불확실한 행복을 좇기보다는,
일상의 작지만 성취하기 쉬운
소소한 행복을 추구하는 걸 의미한다.

나도 그런 삶을 꿈꾸지만 그 소소한 꿈마저
멀게만 느껴지는 건 왜일까.

남들은 소소하고 확실한 행복, 소확행.
나는 퇴근 후 아픈 몸을 이끌고 수액행.

'소확행은 바라지도 않으니
아프지만 않았으면 좋겠다.'라는
어느 간호사의 절규가 생각난다.

먹고살려고 일하는데 일이 못 먹고 살게 하네

#먹고_살려고_일하는데 #일이_못먹고_살게하네
#밥은_마시는것 #건강하세요

간호사에겐 밥 먹는 시간조차 허락되지 않을 때가 있다.
쏟아지는 업무를 끝내지도 못한 채 허겁지겁 들어온다.
그렇지만 밥 먹는 시간에도 환자들은 여전히 존재한다.

컴플레인, 수술환자, bed try, 콜벨,
전화벨이 멈추지 않는다.

어느 선배 간호사 선생님이 밥을 먹다 한 말이 기억난다.

"밥 먹는 시간에 밥만 먹는 게 이렇게 어려운 일이었다니.
진짜 30분, 아니 10분만이라도 밥 먹는 시간이
보장되었으면 좋겠다."

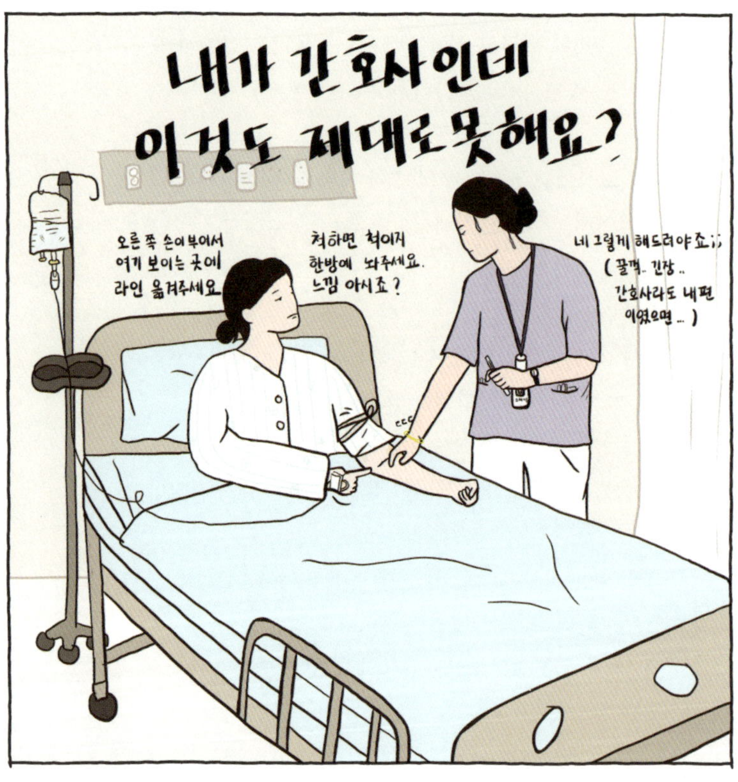
내가 간호사 인데
이것도 제대로 못해요?
오른쪽 손이 부어서
여기 보이는 곳에
라인 옮겨주세요.
척하면 척이지
한방에 놔주세요.
느낌 아시죠?
네 그렇게 해드려야죠;;
(꿀꺽.. 긴장..
간호사라도 내편
이었으면 ...)

#간호사끼리_사이좋게_지내요 #팀킬금지
#상호존중_문화가_널리퍼지길

일을 하다 보면 의료인이 입원할 때가 있다.
같은 입장으로 서로가 이해해주고,
배려해주면 좋겠지만 모두가 그렇지는 않다.

오히려 더 디테일하게 보고,
잘못을 찾아내어 지적하는 분들도 있다.

힘든 근무환경을 아는 만큼 간호사끼리라도
서로 이해해주고 배려해줄 수 있는
문화가 만들어졌으면.

늘어가는 입원일, 쌓여가는 처방전

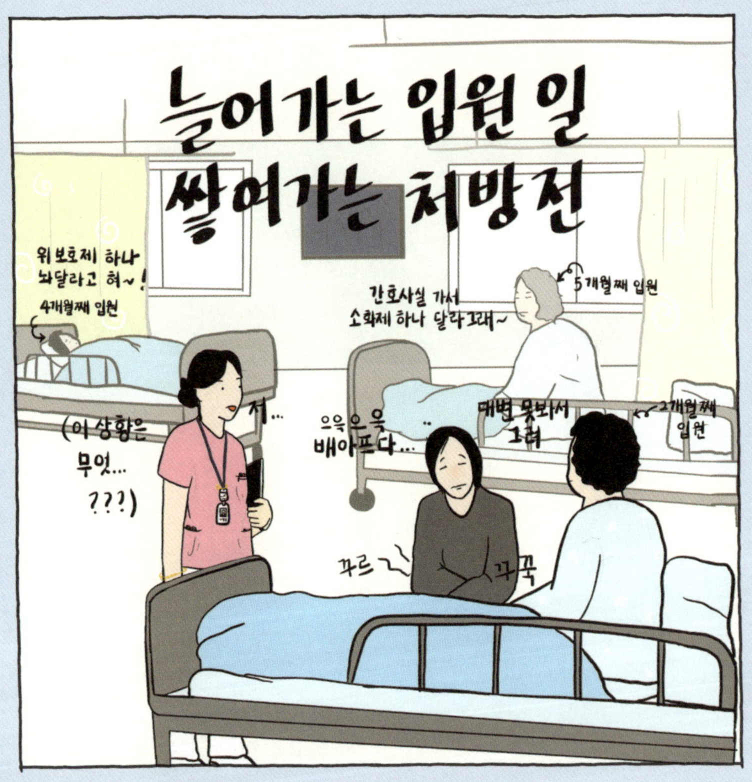

입원을 오래 한 환자들이 있는 병실에선
한 명이 배나 머리가 아프다 하면
이곳저곳에서 처방전이 내려진다.

물론 믿거나 말거나지만 듣고 있으면
괜시리 재밌고 흐뭇할 때가 있다.

이런 게 가끔 일을 하면서 느낄 수 있는
소소한 즐거움 아닐까.

p.s. 앗, 그래도 약 처방은 정확히,
담당 의사 및 간호사를 통해
투약해야 하는 건 당연한 상식입니다!

부러우면 지는 건데, 매일 진다 그들에게

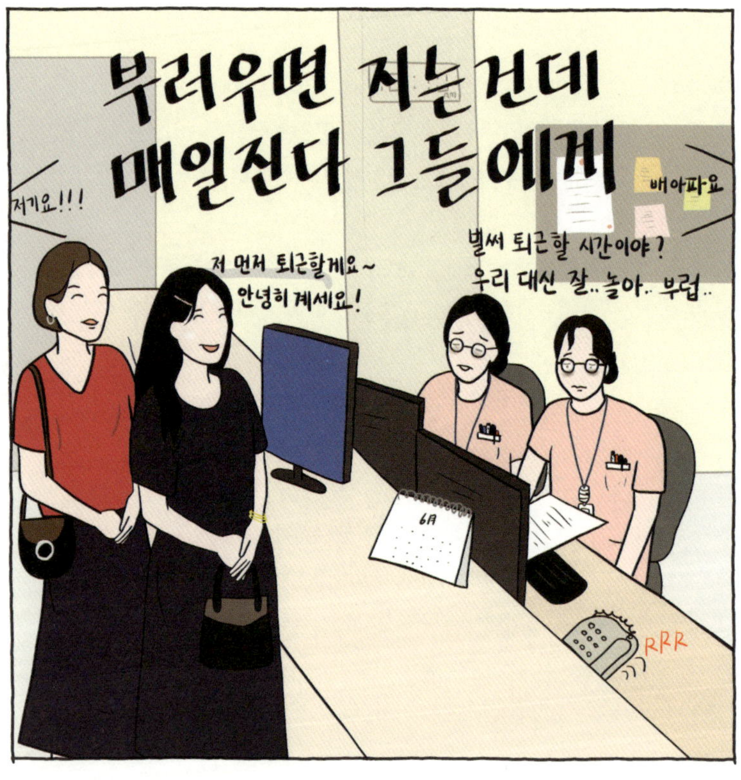

\#나이트근무 \#부디_스테이블만_하소서

나이트번 근무교대
이브닝번 세상부럽

이브닝번 선생님들이
"뭐 먹으러 가지?"
"집에 가서 아이스크림 먹어야지."
말하며 퇴근할 때

나이트번의 심정이란… 느낌 아니까!

선생님!
오늘 너무 한가한데요긴!
그..그말!
금지어야 ! ! !
보송 보송
선생님~
한가하니깐~
바쁘면 좋겠네요~

배아파요!
그 말 취소할게요...ㅠㅠ
4인실로 바꿔주세요
ER에서 postop 환자 올라갑니다
네...
ㄸㄸㄸ...
저 8||호요!
네.갑니다!
(금지어.. 맞네ㅠ)
RRR

출근과 동시에 발병, 퇴근과 동시에 완치

출근과 동시에 발병
퇴근과 동시에 완치
어!
상쾌
개-운
야, 너 오늘
아프다면서
괜찮아?
네!
퇴근 하니까..
괜찮아지네요..
퀼ㅋㅋㅋ퀘...
나이팅

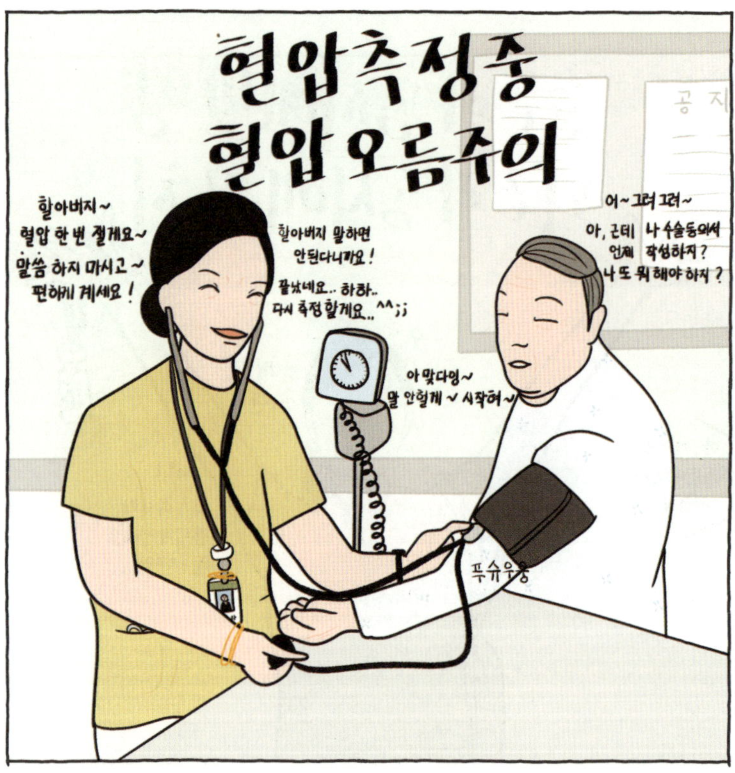
혈압측정중
혈압 오름주의
공지
할아버지~
혈압 한 번 잴게요~
말씀 하지 마시고~
편하게 계세요!
할아버지 말하면
안된다니까요!
끝났네요.. 하하..
다시 측정 할게요.. ^^;;
아 맞다잉~
말 안헐게 ~ 시작혀~
어~그려 그려~
아, 근데 나 수술동의서
언제 작성하지?
나 또 뭐 해야 하지?
푸슈우웅

"환자분 혈압 좀 잴게요~
잠깐만 말씀하지 마시고, 조용히 계세요."
(혈압 재는 중)

"응~ 알겠어. 근데 나 수술 언제 받는다고 했지?
동의서나 이런 건 안 받아도 되나?
(혈압 측정 끝)

혈압을 잴 때 말하거나 움직이면 안 되는데
잠시만 하지 말아달라고 해도 아랑곳하지 않고
말을 하거나 움직이는 분들이 계십니다.

환자를 위한 혈압 측정이니
부디 잠깐만 협조 부탁드립니다.

인계타임 10분 전에 ER try, 오버타임 확정됨에 나는 cry

#인계때_환자올리는_주치의
#미워요 #매너_부탁드려요

인계타임 10분 전에 ER try
오버타임 확정됨에 나는 cry

인계타임 10분 전에 ER(응급실)
트라이(병실로 이동) 받은 간호사의 생각

'흐엉엉~ 오늘 이브닝 끝나고 치킨 먹고 자려 했는데
더 많이 먹고 자야겠다. 나이트에게 미룰 수도 없고,
인간적으로 인계 때 올리면 안 되는거 아닌가요.'

환자분들!
간호사를 전적으로 믿으셔야 합니다
안됩니다.
수술 후 3일동안은 금식입니다.
저 이제 진짜! 괜찮은데
초코바 하나만 먹어도 될까요?
초코바를 먹고 장마비에
걸려서 응급 재수술에 들어가도
감수하시겠습니까?
똑같은 수술부위를 다시
헤집고 들어가서
회복이 더뎌도
감수 하시겠습니까?
흐흑...흐엉엉
(아..배고파..)
꼬르륵

#환자분들
#간호사를_신뢰_존중합시다
#스카이널스

수술 전후에는 꼭 금식해야 하는데
지시사항을 어기고 행동하시는 분이 있습니다.

환자분들을 위한 지시사항이니
간호사를 전적으로 믿으셔야 합니다.
언제 어떤 상황에서도 간호사를 신뢰해야 합니다.

정녕 잘못된 선택으로
일어나는 일들을 감수하시겠습니까.

조금만 참아주세요
서로가 행복해져요
비료
간호사~
나 6인실 자리 나면
병실 좀 옮겨줘~
(방귀는 참으면 병이지)
뿌우웅~
뿡뜨르뿡뿡 뿡뿡
킁킁...
헉...
네.. 흡..
나오면.. 바로..
(잘못 들었 ...)
옮겨 드릴게..욥
6인실
자리없어요

입원 초반에 자리가 부족하면
1~2인실을 사용하게 된다.

하지만 가격적인 부담이 있어 6인실로 이동이 많다.

거기까진 괜찮은데 가끔 시간마다 나와서
"저기 저 병실 비었는데 왜 안 바꿔줘?"
"자리 언제 나와요? 좀 옮겨줘!"
하시는 분들이 있다.

이미 입원환자가 배정되어 있거나
진짜 자리가 없을 땐 간호사도 어쩔 수 없으니
조금만 기다려 주세요.

p.s. 질문이 있으면 말씀으로 하시지 효과음(BGM)까지.
반말과 퉁명스러운 말투까지 덤으로 주시면 어떡하나요.
간호사도 똑같은 사람입니다. 존중이 존중을 낳습니다.
방귀와 반말, 조금만 참아주세요. 서로가 행복해져요.

다시는 오지 마세요, 아파야 또 오니까요

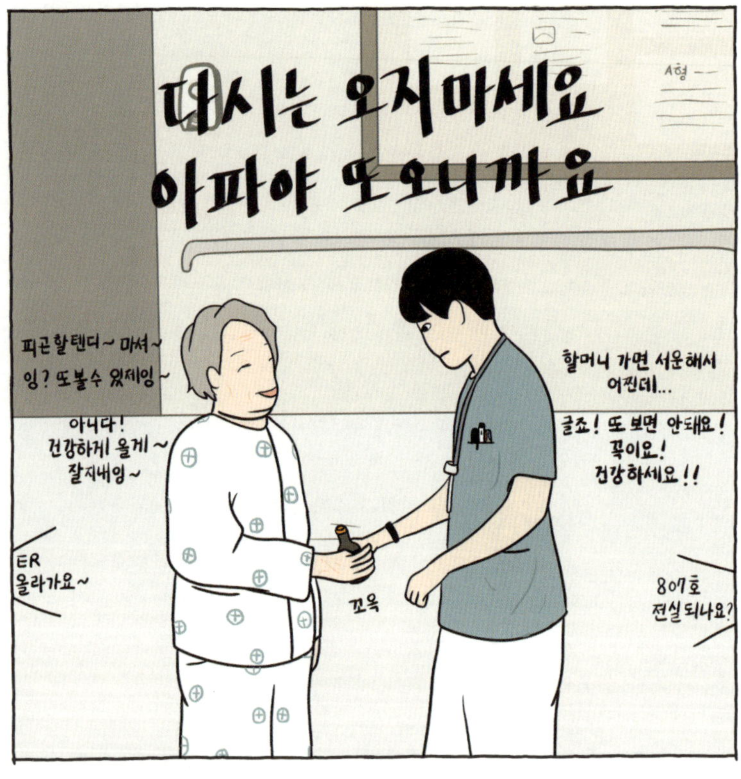

일을 하다 보면 유독 정이 가는 환자분들이 있다.
입원 기간이 길어지면 그런 분들과의 관계가 돈독해지고,
오며가며 많은 이야기들을 나눈다.

그렇게 시간이 흐르고 환자 분들이 괜찮아져서
퇴원을 할 때면, 마음 한편이 뭉클해진다.

하지만 퇴원을 한다는 건 좋은 일이기에
아쉬워도 서로를 축하해주며 각자의 자리로 돌아간다.
보고 싶어도 또 보면 안 되는 관계.
환자와 간호사가 그러하다.

p.s. 각자의 자리에서 꼭, 꼭 건강해서
다시는 보지 말아요, 제발요!

가족과 함께먹는 설전(栓)
응급실 환자들과 설전(戰)
새해복 많이 받으세요!
하하
호호
ER환자 3명 올라가요!!!
빨리 베드 메이킹 해주세요!!
네~ 가요!!
(명절... 바라는 건.. 없고..
부디.. 스테이블이라도...)

추석에는 역시 '전'이지!
현실은... 환자들과의 '전'쟁...
저기요?
소화제 좀 받을 수..
냠냠
냥
(저도 추석인데..
하나만 먹고 갈게요ㅜㅜ)
712호
시트 좀 갈아..
715호 환자분께서
고생한다고 주신 전님

크리스마스에는
근무를~♬
저 근무 하지요..
어차피 사람 많아서
복잡하기도 하고..
근무가 최고지요..
하하..
(나도.. 남자친구랑
맛난것 먹고...
데이트 하고.. 싶다...)
크리스마스 주에 뭐해?
크리스마스에는
축복을~♬
사랑을~♬

크리스마스엔 역시 근무지!
연말에도 역시 근무가 최고!
(근데 왜 눈물이 나는 걸까.)

크리스마스나 연말에 근무인 분들 계시나요?
그럴 때마다 더 마음이 싱숭생숭 하곤 하죠.
그렇지만 여러분 같은 간호사 선생님들이 있어
대한민국이 안전하게 쉴 수 있습니다.

크리스마스에도 근무하시는
대한민국 간호사 선생님들
모두 정말 감사하고, 존경합니다.

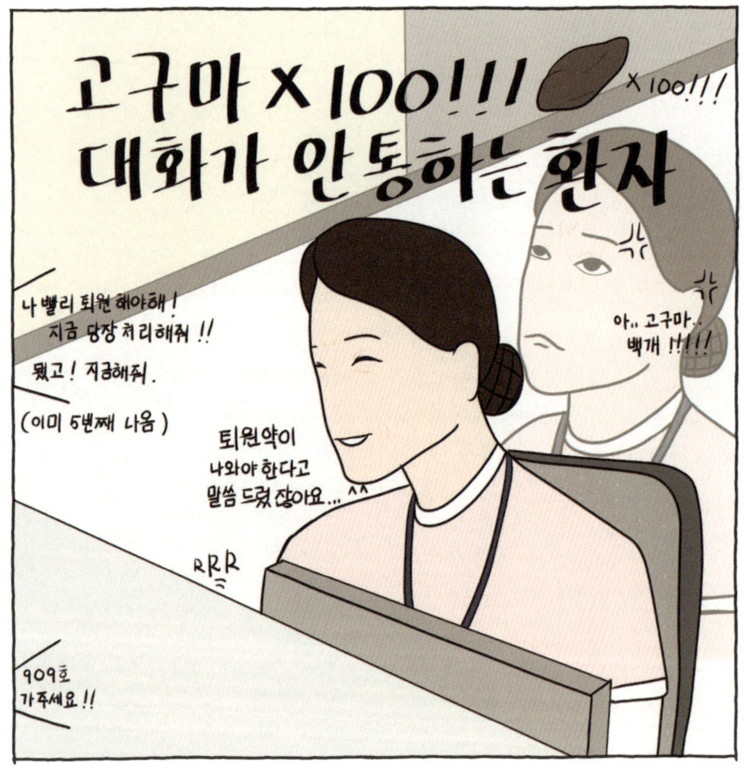
고구마 X 100!!!
X 100!!!
대화가 안 통하는 환자
나 빨리 퇴원 해야해!
지금 당장 처리해줘!!
됐고! 지금해줘.
(이미 5번째 나옴)
아.. 고구마..
백개 !!!!!
퇴원약이
나와야 한다고
말씀 드렸잖아요... ^^
RRR
909호
가주세요!!

\#사회생활 \#어렵다 \#그저웃지요
\#이런 \#리쌍 \#감정노동자

환자분들은 퇴원 날이 오면
그동안 고생을 많이 하셔서 그런지
빨리 퇴원하고 싶어 한다.

하지만 퇴원을 하려면 그동안의 기록들 정리,
퇴원 오더, 퇴원약 챙겨드리기, 병실 조정,
간호기록 작성, 향후 방문 일정 조정 등
생각보다 많은 절차가 필요하다.

환자분들은 그런 사실을 알 수가 없어
다짜고짜 집에 가겠다고 하고
퇴원약 빨리 달라고 화내는 등
미묘한 신경전이 벌어진다.

p.s. 리쌍이 부릅니다.
내가 웃는 게 웃는 게 아니야~
저희도 최대한 빨리 해드리려 노력하니
서로 이해하고 존중해주시면 감사하겠습니다.

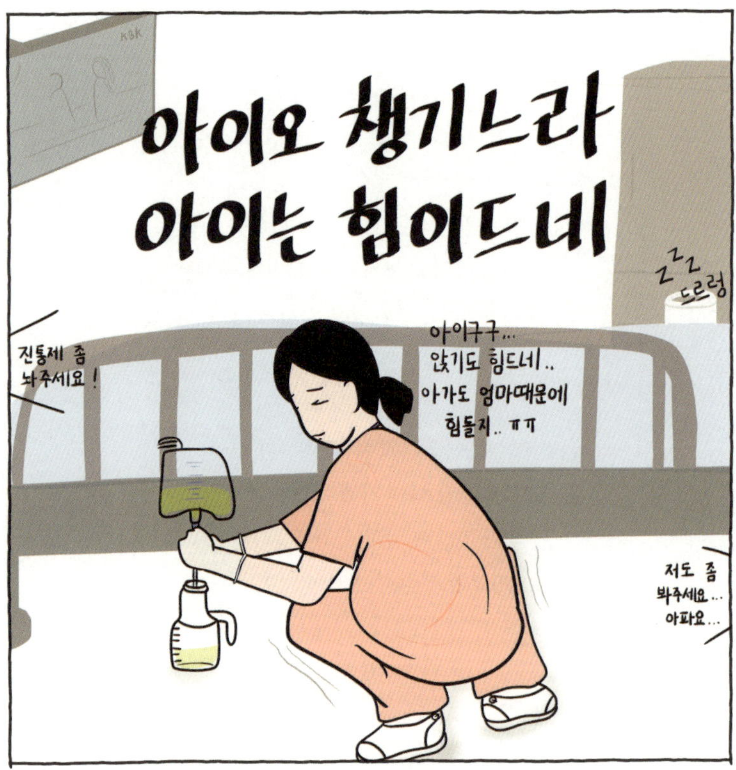
아이오 챙기느라 아이는 힘이드네
ㄹㄹ
드르렁
진통제 좀
놔주세요 !
아이구구...
앉기도 힘드네..
아가도 엄마때문에
힘들지.. ㅠㅠ
저도 좀
봐주세요...
아파요...

저도 배 불러서 38주까지 일하고
출산 휴가 들어갔는데,
좁은 침대를 비집고 요리조리 들어가
환자를 케어하고 나오면 침대를
왜 그리 치냐며(배가 불러 죄송합니다).

내 새끼 내 배에 품고 다니면서 눈치란 눈치는 다 보고
떳떳이 다니지 못한 엄마라 "미안하다, 미안하다."만
연신 이야기하고 다녔던 기억이 있네요.

그 아이가 이제 5개월차인데,
짜증 부리고 잠 잘 못 잘 때면 엄마가 일하며 스트레스를
많이 받아서 그런 건 아닌지 괜시리 죄책감에 시달리곤 합니다.

(어느 독자의 댓글 중에서)

내가 라인을 잡을 테니 너는 FBS를 재거라

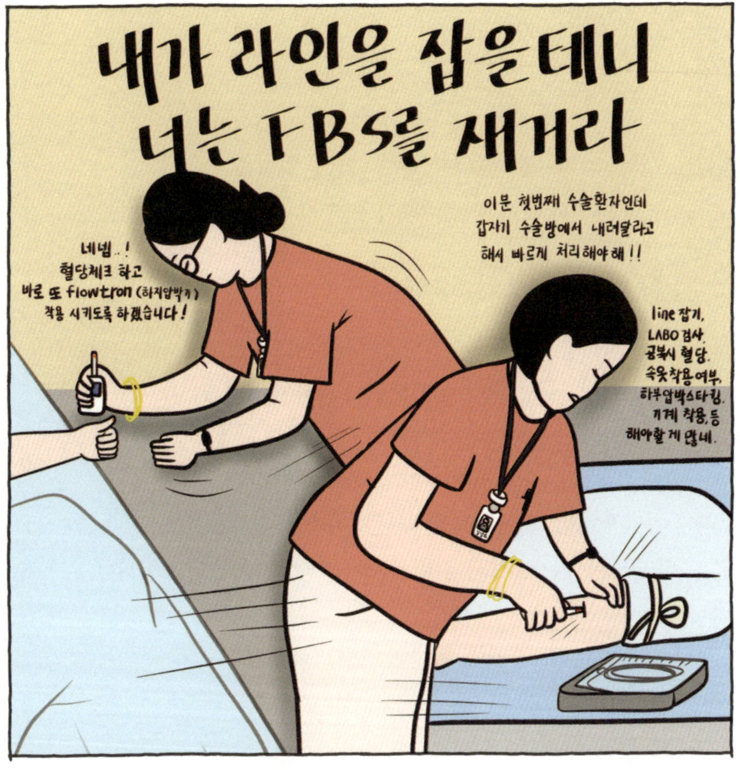

첫 번째 OP 환자.

당뇨병이 있어 혈당도 체크해야 하고,

수술 라인 및 약 투여, 수술 전 장비 착용,

속옷 착용 여부 등 미리 준비해야 할 게 많습니다.

프리셉터는 프리셉티에게 알려줘야 하는데, 생각보다 빠르게 수술

방에서 내려달라는 연락을 받고 급하게 준비하고 있는 상황.

'에잇, 안 되겠다.'

"나는 라인을 잡을 테니 너는 FBS를 하거라."

(Feat. 한석봉과 어머니)

다급하게 울리는 인퓨전펌프
'아야, 전화 좀 받으라 해라잉!'
야야
전화왔나보다잉!!
전화 좀 받으라 해라잉!!!
할머니 전화소리
옆쪽에서 들리는데요?
띠리링
띠리링
띠리리리링

옆에선 마약성 진통제가 들어가지 않아
다급하게 인퓨전 펌프가 울렸지만

할머니에겐 그 소리가 그저 누군가가
매너모드 하지 않은 휴대폰 소리로 들렸나 봅니다.

모르니까 일어날 수 있는 환자들 간의 해프닝이지만
이런 위트 있는 할머니 덕분에 가끔은 힘이 납니다.

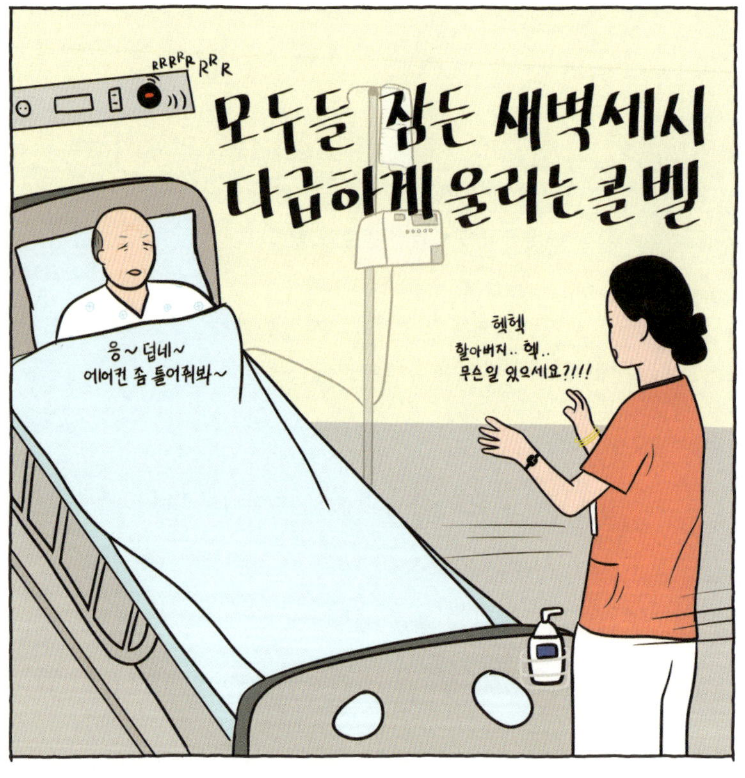
RRRRRRR R
모두들 잠든 새벽세시 다급하게 울리는 콜벨
응~덥네~
에어컨 좀 틀어줘봐~
헥헥
할아버지.. 헥..
무슨 일 있으세요?!!!

모두들 잠든 새벽 시간,
다급하게 콜벨이 울리면
혹시나 환자분이 위독할까
헐레벌떡 뛰어간다.

하지만 들리는 말은

"핸드폰 좀 주워주세요."
"배고픈데 뭐 좀 없어요?"
"더운데 에어컨 좀 틀어줘요."

별일이 없어서 다행이긴 하지만
콜벨은 급하고, 중요할 때만 눌러주세요.
사소한 일들을 처리하다 보면
위급한 상황을 놓칠 수도 있습니다.

그런즉 선임, 동기, 후임이 있을진대 그중 제일은 동기니라

같은 해에 입사하여
같이 울고, 같이 웃었던 동기.

일이 힘들면 힘든 만큼 비례하여
동기끼리는 더욱 가까워지는 것 같다.

애꿎은 장난을 치거나 일을 떠넘기고 갈 때면
가끔은 동기가 구타의 동기이지만
누가 뭐래도 동기가 근무의 유일한 동기.

‘동기 사랑 나라 사랑’

아포와 세균만 박멸하지
누가 내 월급까지 박멸하래
야호! 월급
보너스까지!!!
오프때 머리나 할까~
내통장에
0,000,000원이
입금 되었습 니다.
휴.. ^^ 추가근무, 나이트각
열심히 일 해야겠다..
핸드폰 출금
000, 000원
따링
적금 출금
0,000,000원
할부 출금
000, 000원
따링
병동비 출금
00,000원
보험 출금
000, 000원
따링
따링
XX카드 출금
0,000,000원

#월급은_스쳐지나가는거야
#냄새라도_맡고싶다
#돌아와그대_내게돌아와

분명 월급이 들어온 몇 분 전만 해도
뭔가 당당하고, 모든 게 다 즐겁고
괜시리 웃음이 나고, 자신감이 넘쳤는데

할부, 카드값, 세금, 보험료, 휴대폰비, 적금이라는
소독제가 월급을 박멸해버리는 이 느낌.

됐고, 돈이라도 벌어야겠으니
휴근, 나이트 근무 많이 주세요.

근무표 이러면 쓰나(NNN)!

보고 또 봐도 보고 싶고
안 보고 있으면 생각나고
혹시나 그대가 변했을까
노심초사 또 그대를 보네.

나의 뜻대로 되지 않는다 해도
슬퍼하지 않겠다고 다짐하지만
나의 생각대로 되지 않으면
가슴 한편이 찢어질 듯 아파오네.

한 달에 한 번
그것도 월말에만 볼 수 있는
그대의 이름,

근무표.

꿈에서 퇴근, 깨보니 출근

꿈에서 분명히 일 다 하고
퇴근했는데 현실은 출근.

꿈에서 분명 열심히 일하고 퇴근했는데
오프 때 뭐할까 기분 좋은 상상했는데

현실은 데이 출근.
(꿈에서 일했는데도 똑같이 힘든 건 왜일까.)

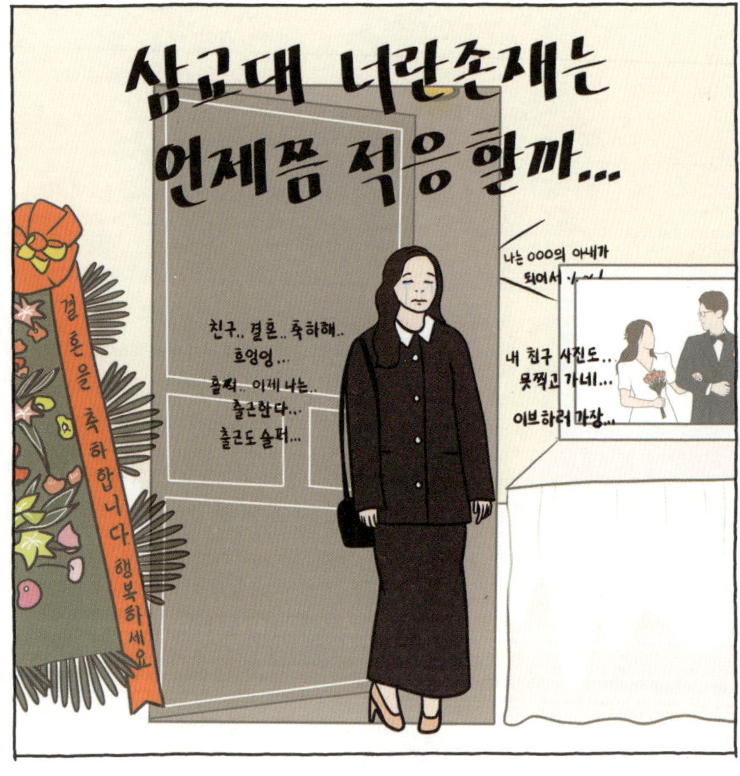
삼교대 너란존재는
언제쯤 적응할까...
친구.. 결혼.. 축하해..
흐엉엉...
출처.. 이제 나는..
출근한다...
출근도 슬퍼...
결혼을 축하합니다. 행복하세요
나는 OOO의 아내가
되어서 ㅣ~ㅣ
내 친구 사진도..
못찍고 가네...
이브하러 가장...

결혼식장에 가도 분위기가 무르익을 때쯤 출근해야 하고
남들은 교회에 가거나 나들이 갈 때
출근하는 이 슬픔은 언제쯤 익숙해질까.

가끔은 주말이나 공휴일에 출근하는 게 너무 벅찰 때가 있다.
결혼식을 계기로 오랜만에 좋아하는 친구들을 만나
무척이나 기뻤다.

그런데 아뿔싸, 식이 끝나고 사진촬영까지 끝나니 이브닝 출근이
30분밖에 남지 않았다. 결혼식의 기쁨과 출근의 슬픔이 또다시
극명하게 교차했다. 못 다한 이야기를 나누기도 전에
미리 자리를 떠야만 했다.

일이 힘들다기보다는 남들과 다른 스케줄, 남들과 맞지 않는
휴일 일정이 나를 더 힘들게 할 때가 있다.
이 기분은 간호사라면 모두가 느끼는 기분이지 않을까.
삼교대라서 느껴지는 이 슬픔이 언제쯤 익숙해질까.

쓰나 오데에
잠못 드는 밤
저 어디 아픈가봐요...
우울하고,
가슴도 쿵쾅거리고...
속도 울렁거려요...
아.. 이유를.. 알겠어..요..
흐흑.. 흐허얼...
이런쓰나...
딸~내일 데이 아니야?
자야지~

\#쓰리나이트_끝나고_바로_데이

\#이런쓰나

환자들과 함께

3일 밤을 새고

잠만 잤을 뿐인데

내일 데이 출근

도대체 무슨

일이 있었던 걸까.

(예비 간호사를 위한 부연 설명: 나이트 끝난 후 오프에는

잠만 자서 오프라고 하기 어렵습니다.

게다가 공포의 쓰리나이트면… 후!)

간호사라서 좋은점
월요병이 없다!
크하핰핰
하하하하
흐흑
흐어엌엌..
아하하하....
그 대신 .. 매일이 월요병...

간호사라서 딱히
월요병이 없는 건 좋은데
월월월월월월월
같은 이 느낌적인 느낌.

5월 12일 국제간호사의 날
가치 있는 일하는 널 응원해
허허헉!!! 나.. 나이팅게일 선배님 생신축하드려요!
나이팅게일 선서문 안 잊을게요!!!
일 잘하나 구경왔어~
나 오늘 생일이거든
기억해줘 후배님 ♥
(나 1837학번임)

5월 12일은 국제간호사의 날이자
간호사의 사회 공헌을 기리는
목적으로 지정된 기념일로
플로렌스 나이팅게일의 생일이다.

식어가는 마음을 오늘만큼은
나이팅게일 선언문을 되새겨보며
다잡으면 좋겠다.

대한민국 모든 SN, RN 존경합니다.

저는 간호사입니다, 간호사를 존중해주세요

간호학과 실습을 하고 간호사로 일하다 보면
여러 가지 명칭으로 불리곤 합니다.
몰라서 그럴 수도 있지만 알게 되면
간호사님, 혹은 간호사 선생님으로 불러주세요.

p.s. 30년 전, 간호인에 대한 전문성 인정과 간호사를
존중하는 의미로 '師(스승 사)' 자를 붙였습니다.
선생님이라고 부르기가 어색하면 간호사님으로라도 불러주세요.

우리는 사람을 살리는 전문직, 간호사입니다

#간호사인식개선캠페인 #Nurways_With_YOU
#우리와_항상_함께하는_간호사를_존중해주세요

(본 상황은 CPR 상황 시 당직 의사의 구두처방을 받고 당직의,
담당의가 오기 전 간호사들이 응급처치를 하고 있는 상황입니다.)

간호사는 실제 의료 현장에서
국가에서 인정한 면허와 전문적인 지식을 가지고
간호 행위를 하는 전문 의료인입니다.
환자의 곁에 24시간 머무는 유일한 직종이고,
간호 판단과 간호 행위를 통해
환자들에게 직접적인 간호를 제공합니다.

환자의 생명을 위해서라면, 오늘도 어김없이 불어튼 라면

#간호사인식개선캠페인 #Nurways_With_You

백의의 천사, 그 밝은 웃음 뒤에 꺾여버린 날개를 아시나요?
한없이 친절하기만 한 간호사들, 그러나 그들이 버티기 힘든 현실을
항상 마주하고 있다는 사실을 알고 계시나요?
"6개월 동안 밥을 두 번밖에 먹지 못했어요."

이번 캠페인을 준비하면서 여러 간호사들과 이야기 나눴던 내용 중에 가
장 마음이 아팠던 부분이었습니다. 밥 먹을 시간이 주어지긴 하지만
그 시간에도 간호사 선생님들은 끊임없이 울려 퍼지는 모니터 소리,
응급 환자 처치, 컴플레인, 수술 환자, 검사 환자 등으로 단 5분조차도
마음 편히 밥을 먹지 못할 때가 많습니다.

간호사들은 병원의 규모, 등급에 관계 없이 3교대, 나이트 근무를 하고
미국의 간호사 1인당 담당 환자 수 평균 5명과 비교하여
우리나라 간호사는 간호사 1인당 담당 환자 수 평균 19.5명이라는
열악한 근무환경에서 일하고 있는 실정입니다.

이러한 간호사의 현실을 알게 되셨다면 조금 늦더라도, 조급해 보이더라도
'아, 간호사들이 정말 바빠서 못 올 수도 있겠구나.' 하고 간호사의
입장을 한 번쯤 생각해보는 건 어떨까요. 그렇게 간호사들의 현실을
많은 사람들이 이해하고 상호 존중하는 문화가 확산되길 바라 봅니다.

환자를 위한 손 소독, 갈라져 가는 손 틈새

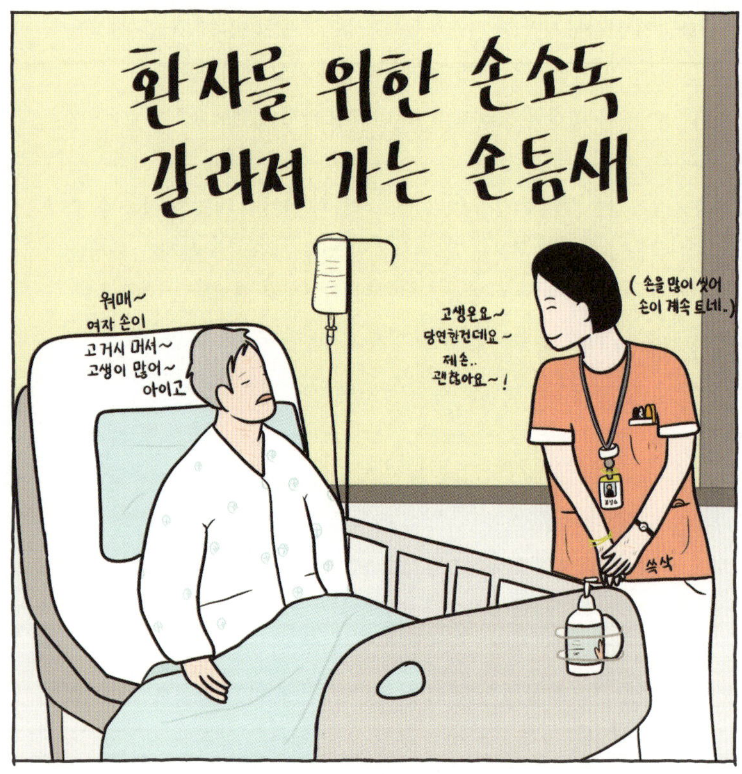

어느 날 동기의 손가락을 보니
손 틈새가 갈라져 있었습니다.
그 손 틈새로는 피가 흐르고 있었습니다.

손을 너무 자주 씻고 또 씻어서
갈라지고 많이 상했던 겁니다.

오늘도 환자를 위해 본인을 헌신하는
가치 있는 일을 하시는 간호사님들 힘내십시오!

가치 있는 일을 하는 간호사, 자부심을 가지세요

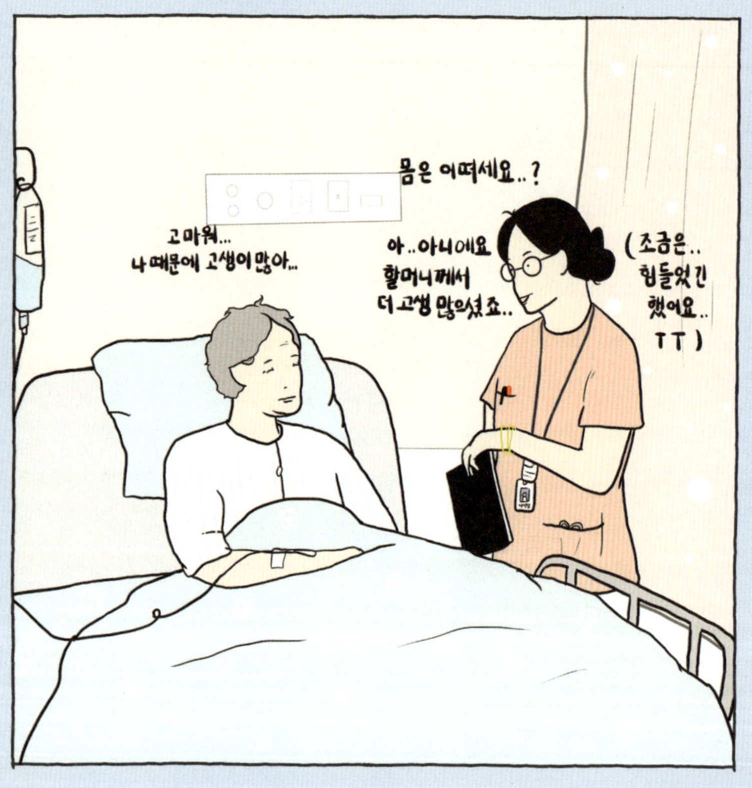

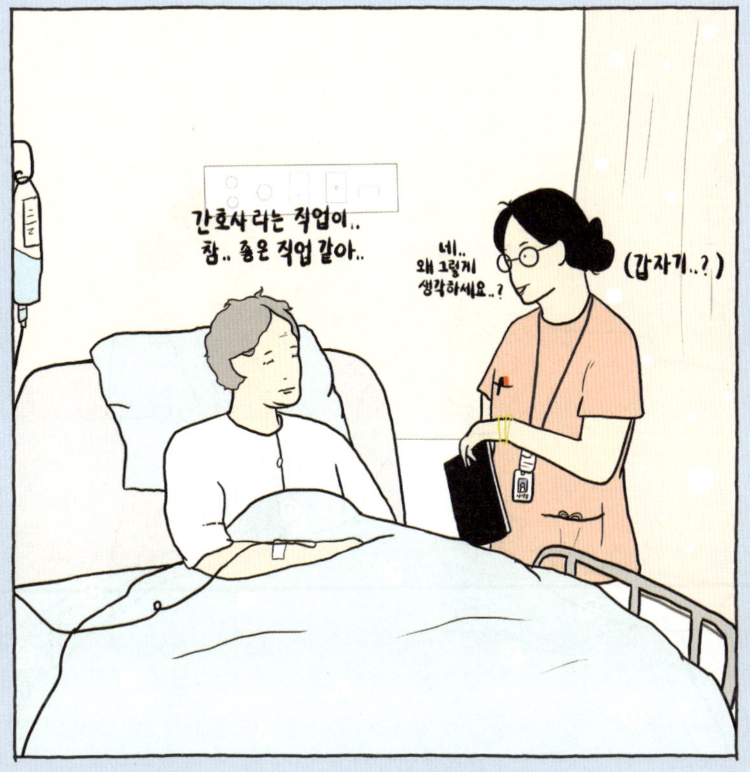

간호사 라는 직업이.. 참.. 좋은 직업 같아..
네.. 왜 그렇게 생각하세요..?
(갑자기..?)

가치있는 일을 하잖아..
나는.. 그렇게 살지 못했어..
감사합니다..!
(아.. 그렇지...
나 잘하고 있구나..)
뭉클..

간호사로 산다는 건 쉽지 않습니다.
솔직히 말해서 현실은 너무 버겁습니다.
하지만 그렇게 처한 상황에 대해 불평불만만 하다 보니
제 자신이 불행해진다는 걸 느꼈습니다.

힘든 현실이지만 누군가는 간호사의 작은 행동으로
희망을 찾기도 하고, 살아갈 의지를 되새기기도 합니다.
가치 있는 일이 쉽다면 가치 있는 일이 아니겠죠.

어느 환자가 건넨 말처럼 '가치 있는 일'을 하는 우리 간호사들이
불행하게만 비춰지지 않았으면 좋겠습니다.

나는 대한민국의 건강을 지키는
자랑스러운 간호사입니다.

대한민국에서 간호사로 살아간다는 것.
쉽지 않은 일이지만, 우리가 있기에
대한민국의 건강이 지켜질 수 있습니다.

돌봄과 치료가 잘 이루어질 수 있도록
각자의 자리에서 고생하시는
대한민국 모든 간호사 선생님들,
진심으로 존경하고 감사합니다.

당신만이 느끼고 있지 못할 뿐.
당신은 매우 특별한 사람입니다.
-데스몬드 투투

자기 자신을 싸구려 취급하는 사람은
타인에게도 역시 싸구려 취급을 받을 것이다.
-윌리엄 헤즐릿

내가 만일 인생을 사랑한다면
인생 또한 사랑을 되돌려준다는 것을 알았습니다.
-루빈시타인

희망은 잠자고 있지 않는 인간의 꿈이다.
인간의 꿈이 있는 한, 이 세상은 도전해볼 만하다.
어떠한 일이 있더라도 꿈을 잃지 말자, 꿈을 꾸자.
꿈은 희망을 버리지 않는 사람에겐 선물로 주어진다.
-아리스토텔레스

삶이란 우리의 인생 앞에 어떤 일이 생기느냐에 따라
결정되는 것이 아니라
우리가 어떤 태도를 취하느냐에 따라 결정되는 것이다.
-존 호머 밀스

진정 우리가 미워해야 할 사람이
이 세상에 흔한 것은 아니다.
원수는 맞은편에 있는 것이 아니라
정작 내 마음속에 있을 때가 더 많기 때문이다.
-알랭

힘든 장애물에 부딪혀 넘어지고 실패하는 것은
결코 부끄러운 일이 아닙니다.
실패 역시 꿈에 속하는 것이기 때문입니다.
-슈레더

누군가를 사랑한다는 것은,
우리의 인생 과업 중에 가장 어려운 마지막 시험이다.
다른 모든 것은 그 준비 작업에 불과하다.
-마리아 릴케

행복은 깊이 느낄 줄 알고,
단순하고 자유롭게 생각할 줄 알고
삶에 도전할 줄 알고 남에게 필요한 삶이 될 줄 아는
능력으로부터 나옵니다.
-스톰 제임슨

 # Z세대 간호사와 함께 일하는 방법

Z세대란?

Z세대(Generation Z)란 1990년대 중반에서 2000년대 초반에 걸쳐 태어난 젊은 세대를 이르는 말이다. 어릴 때부터 디지털 환경에서 자란 '디지털 네이티브(디지털 원주민)'세대라는 특징을 가지고 있다. 서로의 다양성을 인정하며 각자의 색깔과 개성을 마음껏 표현하기도 한다. 경직된 사회 분위기에서 자유롭고 개인의 개성이 존중되기를 원하며 불투명한 미래보다는 현실을 중요시한다.

Z세대의 특징

Z세대는 디지털시대에 출생을 하여 IT기기와 기술에 굉장히 능숙하다. 개방적인 부모세대 영향으로 개인주의적이고 자유분방한 성향을 지닌다. 따라서 그들은 사람과의 소통을 통해 문제를 해결하는 것보다 텍스트나 SMS, 온라인 검색, 자동화된 시스템 등을 활용하여 스스로 문제를 해결하고자 한다. 한 직장에 오래 머물기보다는 필요에 따라 새로운 직장을 찾아다니며 자신의 길을 만들어가는 경향이 있다. 무언가를 강요받거나 하기 싫은 일을 하는 걸 잘 견디지 못한다.

Z세대와 함께 일하는 방식1: 스스로 일할 수 있게 도와줘라

Z세대 간호사와 함께 효율적인 업무를 하기 위해서는 대면보다 비대면, 웹 기반 기술을 사용하여 스스로 업무를 할 수 있게 만들어줘야 한다. 잘 만들어진 업무 매뉴얼이나 영상 자료를 활용하여 직접 모든 걸 가르

치기보다는 스스로 학습할 수 있게 해야 한다. 인정하기가 어려울 수도 있겠지만 각자의 가정에서 너무 귀하게 자란 경향이 있다 보니 혼나거나 무시당하거나, 자신의 일에 너무 엄격한 잣대를 들이대면 튕겨나갈 확률이 높다. 또한 업무 시간 이외에는 전화나 카카오톡으로 업무를 지시하지 말고 업무와 사생활을 분리해서 워라밸을 존중해주는 것이 중요하다.

Z세대와 함께 일하는 방식2: 업무의 이유와 프로세스를 정확히 설명해야 한다

Z세대와 일을 하다 보면 황당한 일을 많이 겪게 된다. 업무를 가르칠 때 본인이 이해되지 않는 부분에 대해 "이걸 왜 이렇게 해야 하죠? 이건 비효율적인 것 같은데요?" 식의 비판을 하기도 하고, 이상한 건 이상하다고 바로 말하는 경향이 있다. 이를 예의 없다고 생각해서는 안 된다. Z세대의 특성으로 받아들여야 한다.

그럴 때마다 다그치기보다는 업무에 대한 이유와 이 일을 왜 이렇게 하는지에 대한 정확한 프로세스를 설명해줘야 한다. 어느 세대나 그렇겠지만 특히 Z세대는 '한 조직의 소모품으로 쓰이고 있다는 느낌'이 들게 해서는 안 된다. 물론 신규 간호사에게 바로 중요한 일을 시키거나 어려운 일을 시키지는 못하겠지만 현재 하고 있는 일이 앞으로 해야 할 일과 연결되도록 돕고, 그 이유에 대해서 상세하게 설명해주는 게 중요하다. '까라면 까' 방식이 아닌, 업무의 이유를 이해시키는 방향으로 리드한다면 Z세대 신규 간호사들도 역량을 발휘할 것이다.

Z세대와 함께 일하는 방식3: '라떼'보다는 '이해'가 필요하다

병원 조직 특성상 근무를 오래 하거나 엄격한 조직문화에서 일을 한 간호사들은 보수적인 성향이 있다. 그러다 보니 "요즘 친구들은 근성이 없어.", "나 때는 말이야 이런 거 상상도 못했는데.", "어떻게 회식을 개인적인 사정으로 빠질 수가 있어?"와 같은 말을 자주 하곤 한다. 하지만 Z세대 간호사들은 그렇게 말하는 사람을 '꼰대'라고 부르며 오히려 그들의 말을 듣지 않고 반감을 가지며 튕겨 나가버리곤 한다. 또한 Z세대는 문제를 느끼면 즉시 "이건 이런 문제가 있다."고 말해버리는 세대다. 눈치를 보지 않는다. 병원 입장에서는 부조리하고 비효율적인 문제에 대한 답을 찾을 좋은 기회다. Z세대의 대화 속에 병원의 문제점도, 개선 방안도 모두 들어있기 때문이다. 그들과 어울리지 못하고 '라떼'를 찾기보다는 그들은 원래 그런 존재라는 걸 이해할 필요가 있다.

 # ‘Latte Is Horse’ 꼰대 자가 진단 테스트

Z세대와 일을 하다 보면 자신도 모르게 꼰대가 될 수도 있다. 간호사 꼰대 테스트를 통해 자신의 상태를 점검해보자.

간호사 꼰대 자가 진단 test

1. 보건직 공무원을 준비하는 요즘 세대를 보면 참 도전정신이 부족하다는 생각이 든다.
2. 헬조선이라고 말하는 요즘 세대는 참 한심하다.
3. 병원에서의 점심시간은 공적인 시간이다. 싫어도 팀원들과 함께 해야 한다.
4. 윗사람의 말에는 무조건 따르는 것이 병원 생활의 지혜이다.
5. 처음 만나는 사람에게 먼저 나아가 나이를 물어보고 이야기를 해야 속이 편하다.
6. 정시 퇴근 제도는 좋은 복지 혜택이다.
7. off를 몰아 쓰는 것은 눈치가 보이는 일이다.
8. 1년간 육아휴직을 다녀온 동료 간호사가 못마땅하다.
9. 나보다 늦게 출근하는 후배 간호사가 거슬린다.
10. 회식 때 후배 간호사가 수저를 알아서 세팅하지 않거나 고기를 굽지 않는 모습에 화가 난다.
11. ‘내가 왕년에’, ‘내가 너였을 때’와 같은 말을 자주 사용한다.
12. 편의점이나 매장에서 어려보이는 직원에게는 반말을 한다.
13. 음식점이나 매장에서 ‘사장 나와!’를 외친 적이 있다.

14. '신규 간호사가 뭘 알아?'라는 생각을 해본 적이 있다.

15. 촛불 집회나 기타 정치 활동에 참여하는 간호 학생들은 학생의 본분을 지키지 않는다고 생각한다.

16. 연차가 쌓이면 지혜로워진다는 말에 동의한다.

17. 낯선 방식으로 일하는 후배 간호사에게 친히 제대로 일하는 법을 알려준다.

18. 자유롭게 의견을 얘기하라고 해놓고 내가 먼저 답을 제시한다.

19. 내가 한때 잘나가던 사람이었다는 사실을 알려주고 싶은 마음이 든다.

20. 병원 생활뿐만 아니라 연애사와 자녀계획 같은 사생활의 영역도 인생 선배로서 답을 제시해줄 수 있다고 믿는다.

21. 회식이나 야유회에 개인 약속을 이유로 빠지는 사람을 이해하기 어렵다.

22. 내 의견에 반대한 후배 간호사에게 화가 난다.

23. 자기계발은 입사 전에 끝내고 와야 하는 것이다.

테스트 결과

0개: 당신은 꼰대가 아닙니다.

1~8개: 심각하진 않지만 꼰대가 아닌 것도 아닙니다.(꼰대 꿈나무)

9~16개: 조금 심각한 꼰대입니다.(주의 단계)

17~23개: 중증 꼰대입니다.(자아 성찰 필요)

일에 대한 의미를 찾을 수 없는 매너리즘에 빠진 경력 간호사에게

새로운 자극을 일상에 넣어라

매번 똑같은 업무를 하다 보면 '내가 뭘 하고 있나.', '나는 누구인가.', '여긴 어디인가.', '그만하고 싶다.'와 같은 생각에 사로잡힐 때가 있다. 그럴 때 새로운 자극이 없으면 그 생각에 사로잡혀 다람쥐 쳇바퀴 돌 듯 무기력한 삶이 반복된다. 그럴 때일수록 다른 인풋이 있어야 다른 아웃풋이 있기 마련이다. 평소 좋아하던 장르의 책이나 동기부여가 될 만한 자기계발 관련 책을 읽는 걸 추천한다. 물론 자기계발서는 매번 똑같은 말을 하지만 새로운 자극이 필요할 땐 동기부여가 된다. 책 읽는 게 어렵다면 유튜브에 본인의 감정이나 해결하고 싶은 문제를 적으면 그에 맞는 동기부여 영상을 쉽게 찾아볼 수 있다. 새로운 자극으로 무기력해진 삶에 새로운 바람을 불어넣어 보자.

이불을 개고 밖으로 나간다

보통 간호사들은 삼교대 근무를 하다 보니 무엇보다 '이불'과 친하다. 신규 간호사 때는 10시간 이상을 자는 건 보통이다. 휴식 시간에 집이나 이불 속에서 보내곤 하는데 그럴수록 더 우울해지거나 무기력해질 수 있다. 인간은 적응의 존재라 본인이 있는 환경에 익숙해지면 다른 것들을 할 힘을 잃어버린다. 잠은 또 다른 잠을 낳고, 게으름은 게으름을 낳는다. 그렇게 쉬는 날 잠만 자고, 멍 때리다 보면 어느덧 근무가 다가오고 쉬는 날 아무것도 안 하고 집에서만 뒹굴었다는 사실에 또다시 우울해진다. 그 악순환의 고리를 끊어야 한다. 우선 당장 뭘 해야 할지 모르겠다면 쉬는 날 씻고 이불을 개고 근처 카페라도 가보자. 혼자만의 시간도 가져보고, 뭘 해야 할지 곰곰이 생각해보자. 영화를 보거나 친구를 만나거나 여행 계획을 짜거나 무엇이든 좋으니 우선 이불 밖으로 나가야 한다.

생산적인 새로운 취미를 발견한다

평소에 관심이 있던 새로운 분야를 배워 깊게 파보는 것도 하나의 방법이다. 취미 활동이라고 해서 대단한 무언가가 아니라, 성취감을 느끼며 꾸준히 할 수 있는 것이면 어떤 것이든 좋다. 요즘은 꽃꽂이, 쿠킹 클래스, 도자기 공예 등 오프라인 원데이 클래스가 활성화되어 있다. 또한 인터넷으로 취미를 배울 수 있는 '클래스 101'과 같은 플랫폼을 통해 평소에 접하기 힘든 분야를 조금만 노력하면 손쉽게 접할 수 있다. 혼자 하기엔 외롭고 동기부여가 잘 안 되기 때문에 카페나 블로그, SNS 등을 통해 형성되어 있는 커뮤니티에 들어가 보는 걸 권장한다.

새로운 사람과 네트워킹 해라

병원 생활을 하다 보면 자신의 주변에는 '간호사'밖에 없다는 걸 느끼게 되는 순간이 있다. 간호학과 특성상 다른 과 친구들과 어울리기도 어렵고 병원 일의 특성상 교대근무를 하다 보니 다른 직군의 사람들과 점점 어울리지 못하여 단조로운 삶을 살게 된다. 새로운 사람들을 만나고 다양한 분야의 사람들과 어울리는 건 가장 확실하고 효과적인 자극 중 하나이다. 조금만 찾아보면 다양한 사람들과 어울릴 수 있는 사교 모임이나 클래스들이 있다. 독서모임인 '트레바리'나 열정의 기름붓기의 '크리에이터클럽'과 같은 공통 관심사를 중심으로 모이는 '살롱 문화'가 생각보다 잘 형성되어 있다. 물론 아무나 만나면 안 되겠지만 '간호'가 아닌 다양한 분야의 멋진 사람들이 세상에 정말 많으니 새로운 만남을 통해 새로운 삶을 마주하길 바란다.

휴가를 내고 여행을 떠난다

내가 좋아하는 말 중에 '책이 앉아서 하는 여행이라면, 여행은 돌아다니면서 읽는 책'이라는 말이 있다. 하고 있는 일에 대해 매너리즘에 빠지거나 도저히 답답해서 못 견디겠다면 휴가를 내서 어디든 떠나는 걸 추천한다. 친구와 함께 가도 좋겠지만 이번만큼은 혼자서 정말 하고 싶은 대로 여행을 다녀오는 건 어떨까. 누군가와 있으면 결국 또 그 누군가를 신경 쓰다 자기 자신과 마주할 수 있는 시간이 부족할 수도 있다. '이 일을 계속 해야 하나?'와 같이 중요한 결정을 해야 할 땐 기분전환도 할 겸 가장 가고 싶었던 아름다운 곳으로 떠나보자. 자신만의 시간을 통해 자신을 마주하고, 앞으로의 방향성에 대해 생각을 하면 또 다른 길이 생기지 않을까.

행복한 간호사란 어떤 간호사일까.

여러 가지 방법이 있겠지만 내가 생각하는 행복한 간호사는 '자기가 하고 싶은 걸 하면서 살아가는' 간호사이다. 간호사가 꼭 간호사 일만 해야 할까. 물론 아니다. 그렇다면 간호사를 그만 두라는 말인가. 그 또한 아니다. 간호사는 시간과 상황만 잘 만든다면 간호사 일을 하면서 또 다른 재미있는 일을 함께 병행할 수 있다. 나 또한 신규 간호사 생활을 하면서 전국을 돌아다니며 간호사 작가님을 인터뷰하러 다녔었다. 인스타그램에 '신규 간호사 인계장'이라는 주제로 글을 연재했고, 그게 발전해서 지금의 웹툰이 되었다. 간호사를 하면서도 충분히 행복하게 자신이 하고 싶은 걸 하면서 잘 살아갈 수 있다. 자신의 강점을 살려 좋아하는 일을 간호사의 일과 병행할 수 있는 몇 가지 예시를 보자.

간호사+온라인 쇼핑몰

인스타그램을 하다 보면 개인의 피드에 쇼핑몰처럼 샵을 운영하는 경우가 있다. 요즘엔 SNS가 잘 발달되어 손쉽게 물건을 사고 팔 수 있을 뿐만 아니라 사무실이나 특별한 창고가 필요하지도 않다. 내가 아는 간호사 중 한 명도 그런 샵을 운영한다. 병원을 다니면서 일을 할 때 영락없는 간호사이지만 평소에 옷을 좋아하고 사람들과 소통하는 걸 잘하여 작게 온라인 쇼핑몰처럼 SNS 샵을 운영하고 있다. 간호사 일을 할 때 조직에 소속되어 주어진 일을 하지만 온라인 쇼핑몰에서만큼은 '대표'가 되어 주체적으로 자신의 개성을 뽐내며 즐겁게 일을 한다. 물론 병원마다 규정이 있겠지만 중소병원이나 요양병원은 겸직에 대한 특별한 규제가 없는 경우도 있어 간호사 일을 하면서도 부업으로 하기엔 안성맞춤이다.

간호사+SNS 크리에이터

요즘엔 SNS로 전 세계가 소통한다. 페이스북, 인스타그램, 유튜브, 네이버 블로그 등 많은 플랫폼을 통해 본인의 개성에 맞는 콘텐츠를 만들어낸다. 내가 약 3년 전 인스타그램에 'reading_nurse' 책 읽는 간호사라는 이름을 걸고 크리에이터 활동을 할 때만 해도 그렇게 많지 않았는데 요즘엔 정말 OO nusre, nurse OO 등 많은 사람들이 '간호'라는 주제로 창의적 활동을 많이 한다. 글뿐만 아니라 웹툰, 캘리그라피, 유튜브 영상, 이모티콘 등 다양한 형태로 표현 가능하다. SNS는 자기 자신을 나타낼 수 있는 또 다른 표현 수단이다. 꼭 간호 관련이 아니더라도 관심 있는 분야나 잘하는 게 있다면 간호사 업무를 하면서 창의적 활동을 병행해보자.

간호사+작가

2019년 대한민국에 '한국간호사작가협회'라는 협회가 신설되었다. '간호'라는 주제로 책을 쓴 기성 작가를 비롯하여, 글쓰기를 좋아하는 예비 작가, SNS에서 활동하는 크리에이터들이 모여 협회를 만든 것이다. 간호사 일을 하면서 느껴지는 감정이나 기분에 대해 다른 표현 수단이 아닌 글로 표현하고 그를 서로 공유하는 모임이라고 볼 수 있다. 이렇듯 간호사 일을 하면서 얼마든지 다른 분야의 일을 병행할 수 있고, 그것도 아주 잘할 수 있다. 세상을 간호하는 마음으로 펜을 든 간호사 작가들이 대형 출판사에서 책을 출간하고 베스트셀러가 되어 강연 및 여러 활동을 하기도 한다.

훨씬 더 다양하고 많은 예시가 있겠지만 이쯤에서 마친다. 간호사+a
의 길은 무궁무진하다. 여러분은 자기 자신이 하고 싶은 일을 하면서 행
복한 간호사로 살아가기에 충분한 자격 요건을 이미 가졌다. 행복한 간
호사로 살아가자.